后浪出版公司

水门的洞口

黄国峻 著

四川人民出版社

图书在版编目（CIP）数据

水门的洞口 / 黄国峻著 . -- 成都 : 四川人民出版
社 , 2018.12
ISBN 978-7-220-10991-1

Ⅰ . ①水… Ⅱ . ①黄… Ⅲ . ①长篇小说—中国—当代
Ⅳ . ① I247.5

中国版本图书馆 CIP 数据核字 (2018) 第 211103 号

四 川 省 版 权 局
著作权合同登记号
图进字 : 21-2018-369

SHUIMEN DE DONGKOU

水门的洞口

黄国峻 著

选题策划	**后浪出版公司**
出版统筹	吴兴元
编辑统筹	梅天明
责任编辑	石 云 冯 珺
特约编辑	王介平
装帧制造	墨白空间 · 张静涵
营销推广	ONEBOOK
出版发行	四川人民出版社（成都槐树街 2 号）
网 址	http://www.scpph.com
E - mail	scrmcbs@sina.com
印 刷	天津旭丰源印刷有限公司
成品尺寸	143mm × 210mm
印 张	5
字 数	66 千
版 次	2018 年 12 月第 1 版
印 次	2018 年 12 月第 1 次
书 号	978-7-220-10991-1
定 价	32.00 元

目 录

台湾原版编辑前言

郑栗儿

　　这是青年小说家黄国峻出道以来的第一部长篇小说，也是唯一的一部。

　　在二〇〇三年 SARS 于台湾开始蔓延的四月着手撰写，也许更早之时就已经在心底反复思索酝酿，直到二〇〇三年六月二十日他离开时，电脑存档显示第五章第六页，未完，总字数四万六千多字，与他原本预计全书十万字完成，尚差一半。

　　这部未竟的长篇小说，是国峻每天以一至两千字马拉松赛的长跑方式进行的。原书名，六月十二日我们一场午餐聚会，他首度给我看这份长篇小说列印稿时，曾提及："也可以用男主角的名字'林建铭'来作为命名。"并稍微说明一下主题及大概，是关于一个平凡男人的三种爱欲类型所衍生出来的情节。

当时在翻看文稿的第一瞬间，我由衷地发出赞赏，觉得很有一种往下阅读的兴味，而且流畅的行文及细微而富哲理的笔触，似有一番不俗的格局，我同国峻说道："非常之好看！但为什么男主角要取名林建铭？且为什么要是一个出身中下阶层的男人？"

这个疑问的理由是：这样个卖菜出身背景的男主角，是截然不同于国峻的出身背景，而他如何去揣度这个角色的心理层次令我好奇。

这点根据国峻当时的解释是："林建铭"是坊间最通俗的名字，代表着一个平凡的男人，而这男人因为如此的低下出身，使之徘徊与分别代表灵性、肉欲及实际的三个女人时，或者人生往上爬升时，能特别彰显出其内心的冲突与差异。

原本国峻想写到年底交稿付梓，届时再具体讨论小说内容及书名，国峻走后的第三天，我自黄春明老师手中取回此书书稿，每晚深夜细细阅读一章，惊叹于国峻驾驭文字的能力已到相当炉火纯青的地步，不仅摆脱了过往所谓翻译文学的束缚，同时能以直见真心的感性叙述，呈现一个说起来其实是满孤独而悲伤的林建铭的故事。

书中的每一字句，落在我感伤的心间，像雨一般，哗啦哗啦地，为他易感的青春、早逝的生命而泫然。比方说：

站在十楼这一大面远眺着淡水黄昏的落地窗前，他生平头一次陷入一种无法自拔的沉思中。逆着光的飞鸟形影灰暗，像是穿梭时光而来，昔今同在。"view"真不错，他想。视野、风景、览望，他被这些字的意思带到了一种新的心境中，有一点像是化身成为另一个人，无数他在买卖时遇过的人们如一群蚂蚁般，不断沉默地将他一块块搬走，他的时间不断被用掉了，不管怎么用，而这个"view"便浓缩着他全部的经历，以致一望着它时，会觉得是在借用一个高超的大眼来看。

　　他必须尽早说出一切，让对方能够尽早判断，是否还要坐在一旁，或者再也不要见面，否则就等于隐瞒了一些事。可是如果晚一点再说，也许很多原本人家不能接受的事，会变得能够接受。睡醒后又躺了一个钟头，一点精神也没有，他后悔昨晚去找陈怡君，如果再迟一阵子，就一定不会被拒绝。都怪自己太急躁，不，他认为自己并不急躁，因为他已经忍耐十几年了，要是再多忍耐一天，很可能就会永远丧失活跃的能力。他必须在自己产生欲望时，立即不顾一切地去满足，而非一次次消灭欲望，以自残为荣，他心里悲伤而愤怒，仿佛死亡是种值得去肯定的贡献。

她发现自己其实一直没有真正的主见，只是在学别人那令人羡慕的模样，假日挤进连锁咖啡店里读着报纸上的政治经济分析，自认成熟，结果只是活在薄薄的一层表面上，一段时间后就被带到另一个地方。也许自己根本不是这块料子，却硬是不认输，让事物不断反复。已经不是第一次这样反省，但最后总是相信这次可以彻底改变，脱离窠臼。她不知道怎样当好自己的主人，似乎总是希望能由别的主人来引领，她不认同自己的相貌，排斥自己的语言，贬抑周遭的客观现实，终至自伐殆尽。不是这块料子。她想，也许自己和从前在市场卖菜的林建铭是一样平凡的，而每一本从前读过的书，只是转移了她的注意力，让她自命不凡。

　　从忍耐重复到厌烦重复，渴求改变的念头缠绕着林建铭，情欲只是一种表现的出口，真正缠绕林建铭（或者缠绕着另一女主角陈怡君）的纠结之处，是在平凡与不凡的对比，假面与内心的乖舛矛盾，现实与愿景的难以一致——轻盈文字承负着沉重内涵，如同国峻简雅而又浓郁的油画风格。我不知道他弹琴时，是否也这样，淙淙弹奏出一则庞然的生命史。

令我感到更奇异的氛围是，整本书巧妙串演出一种急迫的时间感，仿佛非如此不可的命运轨迹，不能再等待。将读者拉往与林建铭同一处境，也化身成林建铭，既要急切地知晓他的困境及往后，同时无意间也触及自己人生的困境，竟然如陈怡君（书中女主角）所说，我们都是另一个林建铭。其扣住人性心理的精准度，绝非国峻自谦"尚在练习写作"而已，他早已独树一帜，具有大将之风。

最后书名的确定，是依照我和国峻往来默契而定夺的，在一次次阅览他这部长篇时，我心底与之对话："一定有一个最理想的名称会出现的，当它出现时，我知道你会给我灵感。"我很有信心。所以在之前《联合报·副刊》提早发表此长篇的首章局部时，仍然以"林建铭"为题名。

后来的这一段文字："一年中会有一两天，天空下起分量极重的雨水，因为只有那一两天，地球的角度刚好让冷空气和热对流形成一道水门，只要偏差一点，水门就不存在。他这一刻感到某一处开了一个洞口，在这个洞口里，他无意间窥见一切始末……"像光一样闪烁我的脑海。

忽忆起国峻离开时的那天下午，台北突如其来下了一场好大而怪异的雷阵雨，似乎真是开了一道通往宇宙核心的"水门的洞口"，国峻可能藉由此洞口去到天空世界，变作一颗永恒的闪亮之星。所以，因这启示，我很确定这该就是国峻所要的书名，也与他一贯的隐喻风格契合。

生命总是如此地不可思议，有时像首诗，有时像则寓言，有时像个玩笑。不同的人、不同的书籍也因某种神秘不可测的推动力量，而自有其不可思议的命运。

这部我们以为戛然而止、未竟的长篇小说，其实仔细再详看，也觉得结束在刚好而完整之处，留下耐人寻味的余韵，回荡于空白，让人在某一瞬思想停顿、抬头仰望或者等待电梯的间歇片刻，自心深处突然不经意地冒出，"啊! 国峻。"

《水门的洞口》导读

梁竣瓘

    以短篇小说创作步入文坛的青年作家黄国峻，对写作保持的态度，是同辈作家中极为少见的。他不仅以创作为唯一职/志业，更不断地在作品的形式与风格上，寻求各种不同的尝试。从二○○○年出版第一本小说集《度外》迄今，不到三年的时间，已有四本书问世，每一部作品都在其写作史上，标示出不同于以往的新坐标。这部未完的长篇小说，虽然来不及完成，但我们仍然可以看出，作家在这个阶段中，持续其对创作的专注与尊重态度，与希望在文类与风格上力求突破的努力。长篇小说的出版，为其写作史上再添另一个迥异于前的新坐标，同时也让作家的写作才华得以再度公诸于世。

　　尽管这是一部尚未完成的作品，但我们仍然可以将它视为一部完整的作品来阅读，或者也可以采用作家在自述其创作经验时曾提到的一种阅读方法："设想如果自己是作者，接下来会怎么写？"①事实上，作品是否具备多重解读性，也是一种评价的指标。而这部长篇小说，除了"未完"本身所形成多重解读的可能，小说人物性格的多重性，与人物间的错综关系，也让这篇小说解读空间更加宽广。在此，笔者愿意提供个人阅读的体会，以作为读者阅读的参考。

　　这篇小说共计五章，前四章作家刻意以八页为一个章节的段落，第五章只写到第六页，而且也没有"第几章完"的结束语，除了可由此断定小说未完成外，题目未定，与偶尔出现的同音异字，都显示作品仍在初稿阶段。小说时间设定在男、女主人翁从交往到分手约一年

　　① 袁哲生采访整理《不在场的证人——黄春明、黄国峻对谈小说艺术》，二〇〇〇年三月四日。

左右，穿插了一些两人成长背景的片段。男主角林建铭的父亲过世后，不久便中断学业，专心协助母亲卖菜的工作，其后辗转换了几个与食物有关的工作，三十三岁这一年收入开始稳定，便从东部回到台北，自己当起老板开一家小吃店，收入渐丰加上其节俭的个性，财富累积快速，甚至得以在淡水河边置产，过着不需要上下班的生活。然而他的内心并不因生活的安定而不再有烦恼，或许是长久以来的生活压力，让他一直无法与女性正常交往，于是渴望亲近女性的倾向，成为事业小有成就的林建铭的头号困扰。好不容易在四十岁这年，与小他一岁长相平凡却有过不少交往经验的女主人翁陈怡君邂逅，两人维持着尚称稳定的男女关系，然而在交往一年之后，却因为女方终究受不了林的性无能而宣告分手。

　　两人的分手可视为小说的一个转折点，此后小说的叙述明显分成两条线，分别再延伸两人的故事。陈、林两人分手后各自过着不同的生活，虽然偶有几次的联络，但大多只是礼貌上的问候。曾有一度林建铭提出从头来过的要求，但却因陈已与美国人史睿仪交往，而失去两人复合的可能。在这期间林建铭到过一个名为"卢氏剧场"的私人剧团观赏过三场戏，剧团里美丽的要角杨施，让林建铭深深着迷。然而杨施却在演完了《推理学校》这出戏后离开卢氏，两人并未有正式的交往。不过在林建铭心里，杨施已经化为一个女神的完美形象，并对她充满想象。他渴望和杨施在一起，甚至跟随剧团来到东部一个叫榉园的修炼营，做一些餐厅里的琐事，这样的举动，他自己认为是"一趟跟踪"，因为爱恋而愿意去追随着她那渺茫的身影。不过尽管他对杨的爱如此神圣，但生理上对女体的渴求，仍不断拍打着他的身心，于是他再度来到色情场所，在那里等待女孩的过程中，林建铭为心中对女性的渴望与表现在外的礼貌行为两者所形成的落差困扰不已。在苦恼之际作者安排了一个女人进来，不过小说只有写到这里，究竟这个女人会不会改变林建铭的命运，或是只是过场的小角色，也许细心的读者可以从小说中对人物心理细致的刻画中找到一个合理的解释。

另一方面陈怡君在和史睿仪的交往过程，也不断穿插在以林建铭为主体的叙述中，陈的富裕成长背景，并没有带给她多大的自信，反而十分在意他人的眼光，她渴望自己有所改变，希望那总无法持久的工作与爱情能够稳定下来，但两者似乎都不能尽如其意，不仅家具行的工作无法继续，朋友介绍的工作又招致私吞款项的误解，感情上似乎已有理想的寄托，但林建铭到家里找她的事情被史睿仪知悉后，让这个倾慕中国文化的美国人有了再结新欢的念头。此外两人的房事都在男方的主导下进行，也许陈的欲望被这个男人所解放，然而这却不是自己之手，完全只是被动地接受，小说的叙述者说："她得到了这个男人，同时她却也失去了自己。"至此那些困惑、负面心性与幻想，仍如影随形。

就情节的布置来说，爱情似乎是这部小说的主题，然而它并不只有爱情。小说不时推敲都市人心理和生理的各种问题：存在的疑惑、人际关系、孤独、异性的渴望、性的渴望、婚姻等。在小说的进行中，偶尔会出现作者对这些问题的见解。笔者以为这些是探索作者思想的重要线索，倘能结合作者以前的作品加以整合，或许可以拼凑出比较完整属于作者个人的思想图像。

至于男主人翁林建铭的性格刻画，可说是小说相当成功部分，包括他的孤独、富同情心、节俭、敏感、不安全感、被动、自卑、保守、渴望女体等。服膺弗洛伊德（Sigmund Freud）理论的人也许会认为林本身的性格决定了他的命运，然而笔者认为环境的影响在他身上也是一个重要的因素。几个林建铭与人群接触的场景中，他内心的恐惧怕生、不安全感，在他无法与人顺利交谈，或匆忙离开的外显行为中表露无遗。而对黄皮肤的本地人，也有一些来自作者或小说人物的批评，像是用化学毒剂捕鱼的行为、剥夺邻居享有宁静权利的失和夫妻等。我们不难看出，在他所生长的环境里，充满了他无法适应的种种，他的个性倾向不能说与这样的环境毫无关系，当我们再对照小说一开始的外国沙滩场景后，将赫然发现个性拘束、愁苦的林建铭，原来还是会受到外在气氛的影响而展露难得的新鲜神情。只是这种愉快的心情，还是会在他多愁善感的性格中被消解掉一些，这让人联想到吴尔芙《欧兰朵》（Orlando）中怀抱着莎夏的欧兰朵[①]，那又满足又愁苦的神色。

这种既快乐又担心失去快乐的两种情绪反应，导引出作者在小说中不断辩证的一种二元对立的思想，这种对立在小说的人物身上，或是叙事者的叙述上，经常无法统合，就如同天平的两端始终无法取得平衡的状态。像是：林建铭心理对理想女性的渴求与生理上对满足性欲的渴望；陈、林两人急于摆脱原有的习性与深陷固有的窘况；最善良的人往往是最凶狠的人；想逃离孤独而孤独却是唯一可信赖的……"穷极而反"或者说老子的"物极必反"在小说用各种不同事例得到诠释，只不过这原为道家解释人生的哲理，却让林建铭、陈怡君甚至叙

①　大陆通译伍尔夫《奥兰多》，"莎夏"通译"萨莎"。——编者注

事者陷入苦海难以挣脱，让小说散发出一种悲苦的气氛。

　　接触过黄国峻《度外》短篇小说集的读者，大概很难享受到一口气读完的快感，难读的原因包括情节的薄弱、人物性格的不鲜明、西化的语言、时空的跳动快速以及叙事观点的游移等，不过这些造成阅读速度趋缓的因素，在作家自觉改变之下，开始有一些不同以往的转变。事实上，从第二本小说集《盲目地注视》开始黄国峻就开始尝试经营具故事性的小说，而在第三本小说集《是或一点也不》中，这种改变的意图更为显著，不过真正将以前的写作习惯做大幅颠覆的，仍属这部长篇小说。包括：人物的命名的在地化、人物性格的鲜明化、环境描写的客观化到情节的紧凑化等，都不同于早先的作品。阅读障碍虽被减弱不少，不过属于作家个人气质的叙述特质还是遗留了下来。于是叙事观点的跳动、时空的交错变动，仍然造成读者阅读上的困难，不过这种阅读的障碍，却也帮助了读者培养文本细读的阅读习惯。此外，由时空的不明确性，导致第一章的沙滩场景不知放在哪个时空坐标的问题，这个问题看似不大，但却影响了整个小说的结局。如果说这是发生在陈、林两人分手后，那或许可以解释成两人历经试炼后得到圆满结局，但如果是在两人分手之前，那么两人改变自己的渴望，终究无法实现。最后请允许我提醒读者们，放慢阅读的速度，用心体会经营出的城市氛围与各种细微的情绪感受，或许这远比知道结局是什么来得重要。

第一章

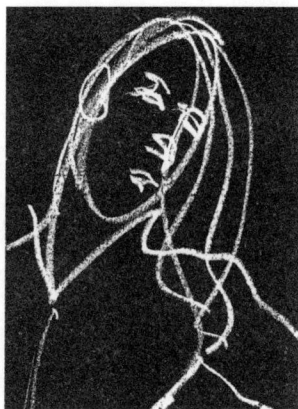

这一对男女是附近唯一的东方面孔，年约四十岁，台北市人。他们带着一堆观光旅游方面的书籍，躲在沙滩上的一把大阳伞下，两副意大利的手制墨镜罩着他们的小眼睛。任何人来到这里就成了这个样子，懒散，没有拘束。自各个地方搭飞机，每一天总有人聚集在这里，像是虫子或花草，成为沙子与艳阳的一部分。一旁一对年龄差不多的美国夫妻向他们打个招呼，这对夫妇前阵子在纽约的雀尔喜向一位退休的公务员买了个旧房子，目前正交给一位从事装潢室内设计的亲戚，进行约十天的翻修，算是一举两得。

"我太太很怕木屑、胶水、透明漆之类的味道。"丈夫做出机灵的表情说，"所以严格说来，我们是来避难，而不是度假的。"

　　陈怡君露出会意的笑容，尽管她把"透明漆"听成了"消失"。林建铭在一旁东张西望，让她在这种时刻觉得有点不好意思，幸好对方并不介意，他们认为这只是亚洲人的习惯。以前妻子在参加社区慈善活动时，交过几个不错的黄种人朋友，单纯善良。妻子回想起来，朋友之中，反而一个非洲裔的人都没有，她认为黑人的种族意识普遍较强，比较排斥别人。在简单交谈后，陈怡君想说"很高兴认识你"，但是不晓得什么时候说才对。这几天她一直在观察别人，留意人家交谈的模样与肢体动作，以及正午时那位光头救生员的头形。接着开始注意起自己的模样，都怪自己头形不好看，是宽扁形的，所以不管梳什么发型都不好看。

　　她整天都闻到人们身上的一种气味，也许是防晒油或是体香剂之类的清洁用品，既有天然成分又有化学成分。"你闻起来像一张卡片。"记得有一部喜剧中有这样一句台词，她忍不住浅笑，那是多久以前看的电影了。眼前的海浪急涌，力量雄大，危险得足以致命。而人们便悠闲地守在这道安全的界线内，欣赏这般景致，真是多么奇怪的嗜好，好像是在淘气地说："来呀，看你能把我怎样。"

任何人都会被这里的气氛影响的，林建铭不曾有过这样新鲜的神情，他像是感到终于获得了某样东西，同时又惋惜过去从未获得某样东西。不过也许还称不上改变，就像这一趟游玩终将结束，接着又要回到自己真正所属的地方，那个满是公寓大楼的市区内。在那几万个各式抽屉当中，没有一个是空的，"收纳"是种多么奇怪的技艺，就像是在塞旅行箱，只剩一点空隙，于是必须做出一个痛苦的决定，两样东西中得留下其中一样，哪样是一定要带去的，想象一下去那里会更需要什么。他提议拿照相机顶替，换得两样都带。陈怡君则认为照相机是最不能割舍的。他就是喜欢故意提出不可行的事让人担心，其实心里根本不打算真的那么做。"来呀，看你能把我怎么样。"

他们就是希望来被这里的气氛影响的。一个与平时住的地方完全不一样的地方，等到回去后，他们会与其他人不同，因为心里知道有个这么美的地方在等待，他们下次一定要再来，甚至可以说就是为了来这里，才会愿意暂时委屈在家中。这么说来，实质上的确是改变了，按照某种道理来说，这个改变似乎是必然，是种平衡，是穷极而反。以前防着的事，如今偏偏冲着去，好像自己一直在与某个具有心智的巨大力量交手，要是不相信，还会觉得自己其实是不敢面对。

从十几岁时父亲去世开始，林建铭三兄弟便在市场帮母亲卖菜，每天凌晨他睡在摇晃的空货车上，到批发市场采购，有时甚至为了货色与价格，要远到郊外的产地直接去载。

"大都市里有几百万张嘴要吃，卖菜最好。"母亲说。这一帮就是好几年，为此他中断了学业，专心投入工作。

有一阵子他试着去做利润更高的肉类贩售，但他对宰杀鸡只很不习惯，看着一笼笼坐以待毙的禽类堆叠在角落，光是臭味与啼叫声，就让他觉得全身没力气。于是在一次用刀不慎割伤左手时，放弃了这份工作。在几天休息时，他体会到要短时间发财是很困难的，这个打击让他觉得累积储蓄或许更实际，细水长流还是可以慢慢转守为攻。在此同时，他的弟弟决定去当职业军人，而哥哥则申请到奖学金继续升学。

他和母亲在一起的那段日子，经常感到孤独，他不认识做买卖以外的人。他是留意过偶尔来买菜或鲜花的年轻客人，那些男人女人的外表和个性，和一般年长年老的妇女很不一样，尽管来市场的人只有同样一个目的。这让他培养出一个小嗜好，就是观察人们，若没有这个小游戏，他会受不了每天买卖的枯燥生活的。就像那对几天就来买菜的母子，每次都会到对面的摊位买一杯冰凉的甘蔗汁，孩子总算露出笑容，小心接过杯子，超过九分满的现榨原汁，母亲先喝一口，接着给孩子，喝不完时再由母亲一口喝光。为了期待这杯甘蔗汁，孩子愿意乖乖跟着来菜市场，他还为了喝到一小瓶滋味酸甜的酵母乳，留在那家无聊的美发院一两个小时，仿佛坐上了一班要去祖父家的火车，路上不断问："到了没，还要多久才会到？"有时他觉得重复的日子很可怕，而且他还想办法要去接受，于是心里不免问还要多久、到了没？

　　一位鱼贩看这年轻人挺勤快，性子不错，便带他做了一阵子的鱼市买卖，从清早起便随车抢先跑好几个地点叫卖。这位鱼贩自己在东部沿海的路上有一家海产店，当时正需要找一位助手，于是林建铭开始到厨房帮忙，这一做就是好几年，这份工作让他很知足，他更尊老伯为恩人，经常晚上陪人家喝茶长聊。存了一点钱后，他和几个同业的朋友合资，做地方上食品加工的生意，生意经营大致顺利，隔年便有了获利。一天早上，一个较有规模的食品公司派了两个干部来谈合作的计画，在几次受邀参观工厂后，对方表示希望买下他的权利，照合约上所说，他可以分得百分之十五的利润，就算再分成三份，这将还是一笔不错的收入。

于是就在三十三岁这年，他回到台北的老家，继续帮母亲到市场卖菜，同时在热闹的路边租了一个小摊位，做起小吃的生意，收入一天天累积成一笔资金，接着又有其他投资。如今他富裕了，与母亲在淡水河旁买了一间房子，一部旅行车，此外生活依然节俭，金钱让他们安心，而安心又远比快乐更让他感到满足。站在十楼这一大面远眺着淡水黄昏的落地窗前，他生平头一次陷入一种无法自拔的沉思中。逆着光的飞鸟形影灰暗，像是穿梭时光而来，昔今同在。"view"真不错，他想。视野、风景、览望，他被这些字的意思带到了一种新的心境中，有一点像是化身成为另一个人，无数他在买卖时遇过的人们如一群蚂蚁般，不断沉默地将他一块块搬走，他的时间不断被用掉了，不管怎么用，而这个"view"便浓缩着他全部的经历，以致一望着它时，会觉得是在借用一个高超的大眼来看。

身旁这张餐桌在店里时，一眼就把无意间路过的他吸引住了，门上挂着打烊的告示牌，等到隔天才又来看。

"这一批是上个星期才海运送到的，意大利进口，樱桃木，两百一乘以一百二十公分，标准高度。"一位店员抱着一份资料夹走过来回答，语气亲切。"你是从事室内设计的吗？"接着又问。

"不，为什么觉得我是？"他轻轻敲响桌面说。

"因为一般人不会蹲下来看桌底、桌脚。"这店员一点都不怕得罪顾客的样子。"你为什么那么注意底下，所以我才问你是不是做设计的。"又说。

这张餐桌的四只脚是往内缩的，侧面呈现倒梯形，设计感十足。但在他看来只是怪，怪能吸引他的好奇。鞋跟在木条地板上踩响，在地毯上便又没声音。问过价钱后，他心里决定要买，但是表面上却装作在考虑。离去前店员给他一张名片，上头写着"执行秘书陈怡君"，并答应给个折扣，他这刻才正眼看了这女人的面孔。陈怡君知道他只是装作在考虑，但并未显露有看出来的样子。在她眼中看来，这个男人的身材瘦小结实，皮肤粗干，神态有些不自然，也许是"新手"。她总是把一些眼光"由下往上蹿"的人称为新手。的确，有许多店里的顾客都是头一次尝试拥有较高级的家具，因为生涯致富，所以必定会出现在这一站，体会一下牛皮椅面给予他们的尊敬。

隔天林建铭不仅去订购了那张餐桌，还看了一些寝具和壁柜。起先接待的是一位年轻的女孩，态度有些散漫，除了定价，什么都不知道，幸好后来陈怡君回到店里。他们坐下来轻松地谈了好一会，言语坦白，没有心机。起先他当然是认为人家一定是看在钱的分上，但是当他觉得这是既合理又自然的现象时，便认为没什么不妥。这个比他小一岁的女人脸孔长得并不漂亮，但是皮肤白细，身材好看，可以说是"后天"尽了全力，他想这远比先天占有优势的人更可敬。于是一星期后，他开始试着和人家有些联络。

林建铭没有结过婚。很久以前是认识过一个女孩子，家里也是在市场卖菜，个性善良，求学上进。两人约会过一阵子，但是对方无法忍受他剪贴搜集报纸或广告上美女照片的嗜好，认为这样就是心里有别人，最后还是只能继续维持普通的友谊。之后在海产店工作时，他在同事的带引下，骑着半个小时的机车，到镇上的小巷里去找过妓女。在那里他喜欢上了一个年轻的妓女，几乎每星期都去找人家，不管成不成事。这个胖女孩下巴向前，耳朵里有股臭味，胸臀丰满，内衣裤在皮肤上留下了一道不会消失的勒痕。有一次他们便相约去看电影，去港口吃烤肉，两人的心情都因此比往常愉快了些。这情况让他的餐厅师傅看不下去了，问他为什么不要正经的女人，反倒是去找个麻烦，真不知道是怎么想的，劝他玩玩无害，但是别用心。他是很不希望自己的女人每天与别人同寝，一想到就万分苦恼，不过等到每次一见到人家，他便又前嫌尽释，相信此时此刻才是真的。

不料两个月后，他们居然都染上了性病，身体非常不适，这个打击终于让他醒悟，决定不再去找人家。至于这是否还影响了他对女人或者婚姻的看法，这一点他一直不愿去想。

半年前，陈怡君头一次与他出游，去的就是以前他工作的餐厅。晴朗的天气让风景显得很远阔，他们下车拍了几张照片，还开了几个关于视力老化的玩笑。到了那家海产店时，他才发现居然关门歇业了，前阵子不是还整修了一番，准备要迎接路过去参加歌舞节的游客吗？走到邻近的其他店家，问了问几个老朋友后才知道，原来最近有一个顾客上门吃生食海鲜后，疑似大肠杆菌中毒死亡，卫生单位依法勒令店家停业，派员采集样本检验，并追查来源。根据医疗报告显示，真正致命的原因，其实可能是一种捕鱼用的化学毒剂，即使只是微量，也可能有立即性的危害。当时老伯的说法闪避矛盾，不但不配合要求，还发动了同业去向乡长陈情。目前整个案子还在进行。

"也不知道他们现在人在哪里，都没有人来。"邻居说，"我们的生意也被连累了，不用钱也没人敢来。"

"过一阵子就会没事了。"他说着，同时想起来，难道以前他煮的、吃的鱼，也都是被瞒骗的，到底老伯知情吗？逛了一圈，他们看见楼顶加盖了棚顶，设了几个座位，连后头的菜圃都改成了露天庭院，簇新的装潢藏在阴暗的屋里，一点也不再熟悉。没有停留多久，他们就沉默地离开了。解下发夹，她把被风吹乱的头发重新梳绑一次。

对于林建铭这个人，她实在不知道该用什么样的方法相处，几乎只能被动接受安排。在她来往过的许多男人中，很少有类似这样的人，通常她只喜欢有学问和社会地位的人，好几年前与她离婚的前夫，便是一位留美的幼儿教育家，个性幽默激进，许多新奇的构想让许多研习营的学员印象深刻。接着前夫便与一位行径同样大胆的女孩子在一起，因此她内心受到很大的打击。之后，她就一直只与男人维持一定程度的亲密关系，而且对象是一个比一个不理想，使她几乎放弃再费心思与别人在一起了。她的女性朋友多半也是独自生活，专心工作赚钱。

虽然不是富翁，或是企业家，但至少这个男人是她朋友中最有钱的，最正常、最平凡的一位。她认为的正常和平凡就是这个样子，有过过苦日子，节俭到有点自私吝啬，头脑较不会想太多，很讲实际。还有一点就是：有早睡早起的习惯，就算不得不晚睡一点，隔天还是照样刚破晓就起床，宁可等中午再补睡个午觉。她想起来就觉得有点好笑，自己怎么会和这种人在一起。不过"新手"这个词这时给了她答案，这是个新的开始，像一本新买的笔记簿，任何人都期望能有这样的机会，做一个改变。林建铭回去后决定把店交给一位刚退伍的南部来的朋友管，小金额的投资也交给信任的人处理，如此便可以清闲下来，不必再像从前，不必像母亲一样，好像世上没有别的事可以做。他们可以出国游玩，抱着一堆旅游杂志，坐在海滩的大洋伞下。"很高兴认识你们。"她对这要起身走开的、友善的美国夫妇说。这刻她觉得自己不也是某方面的"新手"？前天她喘着气在这附近慢跑，打网球，结束后马上回饭店冲个热水澡，换上衣袍，在阳台上擦头发。一切是显得那么新鲜。她在台北的家中根本不曾运动过，而且好像每一刻都被电器用品包围住，到处都充满了电线和延长线。这里则干净得空无，她没想到这点关系有那么大的差别，甚至就只有这个问题，她被什么都没有的单纯吸引住。

"我去骑脚踏车绕绕，一个小时后回来。"他说。本来陈怡君也想要跟着去，但是想到也许他正是想自己去逛逛，于是没有真的提议。换上布鞋，她便往另一个方向慢跑过去。就像在台北时，他们并不是经常在一起，就算在一起的时候，两人也不一定十分亲昵。林建铭从来不会刻意讨好、迎合她，甚至没有兴趣设定两人的关系。假日他偶尔会抱着一袋刚在市场买的菜，穿着短裤凉鞋到陈怡君的家煮一顿不错的午餐，并跟着看看电视，半天一句话也不说，然后突然来一句"你忘了浇花"，有时好像主仆，又像同事。他是有送过小礼物，一瓶名叫"漂流"的法国香水，但是既没小卡片又没包装，而且压在提袋的一份每月收支报告底下（还压凹了盒子），先是忘了拿出来，接着又找不到在哪，一点也不特别。陈怡君心想，也许是缺乏经验，他不懂得如何追求女性，或者他认为没必要懂这种不重要的事，意思好像在说："我就是这样，以后也不会变得更糟，先看清楚，要走尽早走。"让人家没办法和他计较。

"有啊，我知道有这种人。"王雅婷在电话中说，"那很好啊不是吗？轻轻松松就能应付了，不必顾虑谁依谁，各过各的，有就有，无则无。"

"我不晓得有这么简单，以为这是出题目。"她说。

王雅婷和丈夫黄德隆在一家传播公司工作，她偶尔会去他们那个位于山区、还被室内装潢杂志介绍过的家，去吃两人煮的意大利面，还有和一只猎犬玩。

"她怎么样了？"丈夫在电话挂掉后问。

"没事，她最近认识一个男的，可能是一个小气的有钱人吧，不晓得。"

"她该不会想'驯兽'吧，月底约他们来好了，顺便试试新的辣味肉酱。"

"别去管比较好吧，她一直想把失败的责任推给别人，跟以前一样。"

"随便，我只想要让她试试新的辣味肉酱。"两人笑着。

陈怡君的家中放了许多书和杂志，其中的英文精装书放在最显眼的地方，内容各异其趣。他学着也拿一本出来翻翻，里头的编排和图案尤其吸引他。

"这都是很久以前，趁打折的时候买的，当时根本没有考虑什么，一口气就花光钱，买了一大堆摆着，现在后悔了，人家现在的新书更好看、更便宜。还有柜子里的一堆唱片、录影带也是，既舍不得丢，又不是我现在有兴趣的。"

"我没有买过这类东西，不太了解。以前我家很小，什么都摆不下。"带着几本她推荐的名人回忆录和艺术欣赏的书离开，他试着有时翻开来读几段，没想到自己竟然能够适应，觉得不难理解，有些段落甚至深有同感。林建铭的好奇让她对自己原有的东西又重新起了兴趣。

之前她好不容易才领悟到，兴趣不必太过执迷，实际生活上遇到的问题才重要，像是修房子，或是与家人沟通，而其他都只是可有可无的消遣。也可以说，有一点认清到，其实自己很平庸，不应该好高骛远，向往了那么久的一个目标，很可能到头来一点也不适合自己，真是白忙了一场。或者，是自信心慢慢没了。她重新整理家中这些着满灰尘的重物，觉得这全都不过是一堆着满灰尘的重物，她要丢开这些，到另一个地方。

杂志上是一面接着一面的美丽风景，只要花点钱，花点时间，就可以到那些地方。像是一种魔法，一样东西加上另一样东西，就会变出不可思议的景象。

闻得出来，刚才那个美国人擦的体香剂，就是以前她用过那个牌子，可是为什么擦在两个人身上，会出现两种不太一样的味道？她喜欢芳香，认为嗅觉的被动十分女性化，如果遵从嗅觉，她会走到一个视觉所绝不会带引她去的地方。为了闻清楚一个微弱的味道，她必须十分靠近，甚至贴上去。

体香剂、洗发精……小时候，祖父几乎每年都会从美国旧金山回台北，每次行李中一定会带回来一大堆日用品，又好又便宜。化妆品是给媳妇和女儿的，还有电动卷发器，一打一打包装的香皂、牙膏、成药、裤袜。给孙子的则是可以吃上几个月分量的口香糖、巧克力、甜谷片、洋芋片、花生酱，以及各种糖果：跳跳糖、绳索糖、彩色水果软糖、佩兹卡通糖……怎能没有玩具呢？洋娃娃、小超人、丹麦积木……就像是给礼物的圣诞老人，任何人都会分到那些包装上写满英文说明的日用品，这所有舶来品都有着一种平时闻不到的香味，而这就是美国的味道，一个装满这类商品的地方的味道。

"我没有亲戚在外国，也从来没有出国过，以前舍不得花钱坐飞机、住饭店。我妈说，要看国外的风景，看电视就行了。小时候说要看电影，她就说，最好看的片段，电视广告就已经播出了，不用去看了。可能就是她的影响，所以我一直很不重视享受，没用过什么舶来品，香皂、零食都是最便宜的。"林建铭说。看着这个男人以平常的坐姿坐在这里一同谈着从前的事，她顿时觉得有点恍惚，有一点不明白自己怎么会在这里，而从前怎么会在那里，而独处与共处又是怎么发生的？如果所有人都只是在自言自语，那听见每句话的人，都是不存在的。潮水在沙滩上泛铺，弃留在一处的沙子城堡被溶散，另一边看打排球的人群也被落日溶散，这个美丽的小岛正在他们的赤脚下趴睡，像是一个还不懂现实为何的大孩子，这里容许人们幻想，容许人们被幻想溶散。

夜晚他们脱去衣服，一起躺在床被里，皮肤贴合。由于林建铭一直有性无能的困扰，于是他们只能用比较和缓的方式亲热。原因自己并不清楚，也许是遭禁制而荒废，她猜想。她认为身体的接触必须长时间保持习惯，西方人从小就有肢体脸颊接触的习惯，不会害怕，而东方人则相反，所以才有这么多东方男人有性能力上的障碍。她以前的男人也有同样的困扰，她知道自己的肉体要得到快乐是件多么困难的事。

"这是很正常的事。"

"我要先适应一段时间。"

"不用烦恼这种小事，否则只会越受影响。"

"我知道，有的事我也做不了主。"

"顺其自然就是了。"

"我不在乎。"林建铭说。接下来他们什么也没说，只是彼此触摸对方身体，既不冷淡又不强烈，手掌好像是一个徘徊在公园里的人，边移动边在想事情，这里或那里，有时停下来，充满了疑惑，却又想摆开一切。他们感受到放松，有一点痒的感觉，如此而已。这种满足让她心生悲哀，几乎哭泣，但她没有真的这样，她尽力在漆黑中露出可辨认的笑容。

避开了"一级战区"（他们对敏感部位的戏称，另外还有"大后方""碉堡""壕沟"之类的玩笑，每次说都忍不住要笑），只在肩膀和颈子上绕，这时他想起了一句常听到的话："要有爱才行，没有爱永远也不行。"他不记得是谁说过的，总觉得每个女人都说过这句话，听起来有点可笑，但等真的说出口时，却又并不怎么好笑。多久以来，他渴望得到女人的身体，不断期望将来能遇到一个女人愿意让他触摸身体，不必管什么讨厌的、抽象的、唱高调的"爱"如何，但又不是寻花问柳，这两者太极端了。他讨厌把肉体看成"圣殿"般神圣的那种观念，为什么这样想就要被归类成"很随便的动物"，太极端了。目前他还不敢谈这种看法，怕会造成误会。然而当他这一刻终于如愿时（虽然没有性交，但已经不错了），他并没有感到满足，他发觉自己原来一直被控制住，因为他是在实现从前的期望，这表示他被从前的期望给控制住了，像是个服从命令的奴隶，完全没有自由。他永远没有现在的渴望，只有从前的渴望，那个老旧不变的、重复不休的渴望。他有点想要猥亵这个被当成是高不可攀的圣殿的女人身体，但是并没有真的那样做，而是温柔得仿佛心中有着爱情。

陈怡君认为他只是还不习惯罢了，那不算什么问题。打开衣橱拿出早上在商店街买的裙子，再试穿一次。拉开裙摆转个角度看，独一无二的手工，让她的身体仿佛瞬间绘上了一层色彩与花纹，多么简单，总是这样忍不住尽可能改变这改变不了的条件。她想，要一个男人对这个镜子里的女人有兴趣，是件多么不可能的事，简直是刁难人家，要是真有兴趣，那就可得小心了，不是有毛病，就是人家带有怜悯的意思，她可不希望被讨好，即使她需要。

"你穿这件裙子很好看。"几周后，王雅婷看着照片说。

"那是在当地的商店街上买的，质料很软，但是会让我的腿看起来更胖。"

"不会，腿丰腴才性感，Chad（黄德隆的小名）最喜欢这种，对不对？"

"什么？"他拌了拌生菜回答，"打情骂俏已经不流行了好吗？"

"这就是他吧，看起来人还不错，下次找他一起来，我会多约些人。"

"我不确定他习不习惯，也许吧。"陈怡君轻声说完蹲下来抓抓狗的脖子。

"你上次说他做过厨师是吧，Chad honey 听到没，人家是厨师。"

"有什么关系，煮饭又不是篮球比赛。啊！说到篮球，我差点忘了，现在几点？"黄德隆跑到电视前看篮球赛的转播，生菜掉了一片在地毯上。

她心里认为林建铭一定不喜欢他们，其实自己也并不完全能接受他们，只是因为几个不明确的理由，他们的朋友圈子大，刚才还听王雅婷讲到公司要培训一群年轻人，看看哪些人适合当歌星，幕后则是一群各种专业的人在动手捏塑，"我昨天还在录音室待到半夜，陪两个美国来的技师做混音，他们反正有时差，我可困死了……"她说。

羡慕着人家有趣的生活，陈怡君就是无法拒绝他们的主观，每年收到他们寄的新年卡片，质感很好的进口卡片，里头夹着一封写满近来感想的信，这会让她有一点自卑，忍不住处处比较。其实在这屋子里她感到充满压力，一种能接受的压力，就等一切结束。在此之前，她会维持好这样理想的形象，因为她需要看起来是这个样子。

当晚餐吃得正有味时，外头远处突然传来一阵叫嚷声，听不出话的内容，因为声音的情绪很激动，说得很急躁，但是听得出来语气是两个人在吵架。

"又是他们。"王雅婷小声说。丈夫的表情顿时变得很严肃，一句话也不说，拿起葡萄酒的杯子却没喝。"隔壁那对夫妻常常吵架，再吵早晚会出人命的。"气氛十分尴尬，陈怡君更是不知道该说什么，她听见了很不文雅的脏话，甚至是禁语，脸上冲来一阵红。这时丈夫的情绪有点被影响、激怒了。

"真是受够了，莫名其妙，不可以让他们再这样打扰我们了，没公德心！"

"算了，别理会就是了，人家已经不好受了。"妻子安抚他。

"这不是算了就行的，太过分了。"显然是因为家中正好有客人，这让他觉得很难堪，觉得自己的城堡还不够完美，所以才会反应过度的。他住在这么偏僻的地方，每天开一两个小时车上下班，就是想避开公寓式的噪音骚扰，避开小时候父母在南部老家整天吵架的阴影（他把家整理得干干净净，不是为了要迎接这个的），没想到却还是被紧跟着不放。耳边的吵架声还在持续："我要杀了你，你去死最好……闭嘴 XX 听到没，离婚就离婚！"

"那家人很有钱，好像是做珠宝生意的，后院还有游泳池，住我们买不起的大房子，没想到私底下居然是这样。反正感情的事谁晓得。"听王雅婷这样说，她看着窗台前的蜡烛烛光，突然有点想聊聊关于男人性无能那方面的事，但又担心泄漏别人的隐私。主人看客人有话要聊的样子，便试着引导她说说。

不管说得多么间接、约略，总觉得对方听得懂她在说的是什么，也许是酒精起了作用，她觉得说话像是脱衣服，她受够了这些束闷的衣服，但是又不可能真的赤裸。瓷器上微微照映着变形的烛光，她感觉整个黑夜不过是一片极大的影子，笼罩这个星球，好像有远远一个东西阻挡在光源前，怎么也没办法走出这个阴影的范围。她晓得这个朋友绝对不会让她难堪，朋友交那么久，为的就是用于这种时刻，她应该晓得该怎么做才对，会守口如瓶的，善意是多么可贵。

要是没有正在聊起的那个男人，这天晚上这两个女孩子不可能如此友好地交谈。几乎被美化了，好像那个男人太需要被美化似的。

独自骑着脚踏车在铺着枕木的小路上，林建铭慢慢地让身旁的一景一物，远远地抚过眼帘与脑海，像是习惯不经意用手梳拨头发，要是有人跟着，他就不会这样渴求前行，渴求那条细长的小径伸进松软的沙地，好让自己的沉默没有任何鄙夷的涵意。如果自己真的爱上这个女人，那就必须在意一切，像是打开栅栏，任由牲口野散，所有的渴求都要从她身上取得，才会满意。几个白人女孩踩着湿沙走，像是随时会被海浪卷走，也许她们正希望如此，好让恐怖的大海有了明确的罪名。

"我刚才去跑步，还有打球，回来洗个澡，很舒服。"

"我差点被海鸥攻击，可能是我的鼻子有一点像鱼。"他笑着说。

"我看像什么鱼。"她眯着眼睛。

"够了，换我去洗澡了。你饿了吧，想吃什么？"转过身去。

"饭。几天没吃到米饭，就觉得不习惯。"照着镜子说。

第二章

脚下的地板完全看不见，整间阴暗的舞厅都挤满了人。两人在巨大的音响和激躁的闪光中觉得头晕力疲，坐在窄小的角落位子，偶尔无意的推挤也已不在意了，像是溪流底的小石头，震动的空气冲刷着他们的皮肤。

　　陈怡君前天晚上接到一通电话，好久没听到奥丽芙的声音了。她的本名叫陈淑惠，三十二岁，身材胖，从事企划宣传，心直口快，以前在王雅婷家见过几次。她说因为公司拍电影的需要，导演叫她租下一整间舞厅，准备要拍影片中几场地点在舞厅的戏，并且要找几百个人当临时演员，或说当个背景。她留下地址、时间、舞厅名称，说希望她能来凑合一下，就匆匆挂掉电话了。把纸条随手丢在桌上，她考虑了很多，不知不觉就洗完一堆衣服。心想真巧，上周才和王雅婷聊天，今天就接到她的朋友打来的电话，她是不是有别的企图，该不会上次谈话的内容被转述给别人听了，背后其实想要帮助她？不可能，是的话不就太显而易见了，也许自己在人家口中传成了笑话，那就更需要去了解一下。

"我们去看看，随时可以离开。"她说，电话中有小孩在一旁吵闹的声音。

"那是我弟弟的小儿子，才五岁，他只来住一天。我明天会过去。"在说电话时，她一直听到小男孩情绪不满的声音，一下要抢电话，一下又到处敲打，不管伯父怎么安抚劝训都没用。

"真是无法理解。"林建铭无奈说。每个人小时候都是这样，天性就是野蛮不受约制，就是会胡闹，硬是把好好的东西弄坏。他没听清楚要去做什么，只觉得能多点机会暂时离开熟悉的地方，他一点都不怀念在菜市场的日子，钞票和硬币在身上的小袋子里乱成一团，接近中午时，摊贩们泼着一桶桶清水洒扫，污水一道道汇集，带着残渣往沟渠与栏孔陷塞进去，一年年累积着腐臭与血腥，离那些天天来买菜的人远远的。那种地方一切都被快速损耗，粗肿的手指头，泥泞凹陷的地面，嗓音会哑，衣服一下就脏了。

下午，一辆辆机车①、汽车来到这家位于台北市东区的舞厅前，有青少年，也有成年男女，不少人都打扮时髦。其中几个金发的加拿大女孩，走到哪就引起大家的注意，她们早上参加校方交换学生的联谊活动时，私下受到社团邀请来这里，正好下午她们有自由时间。入口外头放置了许多摄影所需要的器材，电线由工作人员到处拉引。陈怡君和他想先在外头透气，看看其他都是些什么样的人。由于人数比预估来得少，他们马上就被请进去了，连名字都没查过。坐在楼上的座位喝瓶装水，她不久就看见奥丽芙拿着对讲机在楼下忙着指挥现场。

① 指摩托车——编者注

"那个人就是我认识的人。"陈怡君手一指说。"其实还不熟。"

"我不会跳舞。"他在耳边说,"等一下你去跳,我在这里看。"他的样子有点不自在,兴奋的气氛让他不太适应。摄影机架设的位置并不明显,演员在哪也不容易发现,感觉上无异于一般舞厅,好像并没有在拍电影的样子。他一直不太能体会到这个场合的乐趣所在,就像是在市场一样,他试着观察其他人的举动。在这个地方,人们的模样会和平时有些不同,他发现好像有一些很寻常的事,自己却还不知道,甚至小到不成"事"。例如男女肢体间的适当距离,还有说不上的模样和反应,别人看起来是隐形的,而自己却是显眼的,或者正好相反。

没想到陈怡君对强烈音乐节奏很能接受,和年轻人一样毫不排斥,这一刻听见什么,就喜欢什么。有时候她就是觉得受够了那些感伤、深思熟虑的音乐,想要来一点刺激,像小孩一样大闹一场,不必讲什么道理,真是善恶相生。留在楼上,他想,难道这么多人都是奥丽芙一个人找来的，就算朋友再带朋友来，那也还是不少，一介绍起来，不就全都认识了。问题是，这里没人在说话，没有人能认识另一个人，"让身体集体被音乐强暴"，她说，这就是一切。

他一不注意，眼睛就跟丢了陈怡君。在位子上向四处看，完全无法辨识每张脸孔。他看到隔壁桌有个外国男人在与两个本地的女孩子说说笑笑，便好奇地一直打量人家，女孩神情兴奋，两腿在短裙下轻轻移摆。他喜欢看女孩子主动的模样，不知道何时手会像只小老鼠般钻到人家身上，或者想要引发男人让手这么做。这时代的女孩子和他年轻时所见的完全不同，事实上他见过太少女孩子了，而且都是在很单纯的场合，一点也不知道这个性别所可能具有的别种面貌，只要稍与他的印象不同，他就会感到新鲜，想要再看下去接下来还会有什么举动。他对自己的保守与无知非常不安，总觉得好像会因此损失某种重要的东西。他被附近看得见的女孩子吸引，不断偷偷盯着人家，幻想这些人私下会大胆到什么程度，不过既然是在私下，那大概也就没有胆大胆小的问题了。只是幻想反而让他更不愉快，他不满自己无法像别人一样得到一个年轻女孩的接近。陈怡君不是他会全心全意喜欢的那种女人，这件事很重要，因为个性虽然很好（只能简单这样说），但老旧的身体毕竟不如年轻的那样吸引人，即使那个身体里是个个性很好的女人。她只是个眼前暂时能先得到的替代品，不是最让他渴望得到的。不知道自己是否真的这样想，或者只是他想要重重地犯个错，以便不再被保守与无知所限制。

一个男孩子瞧了他一眼，他一反应马上避开眼睛，但是一避开，他却认为自己没错，怕什么，于是又瞪回去一眼，两人眼睛撞在一块，表情严肃。他认为这人年纪还小，要避让也得对方让才是，不过显然对方不这么认为，并且反应更激烈，毫不认输。用嘴型和表情对他说"怎样"，他故意回头望望，假装不知道话是对谁说的，刺激人家。这让对方恼羞成怒，直接走到他面前来。他起身要离开，男孩便推了他一把，顿了一步，转身过来就是还人家一把，顿时两人打起来。附近有的人还以为这是在拍电影，只是旁观。女孩这时赶紧过来阻止，才让冲突中断。两人都没有受伤，只是他拳头挥中桌角，破了点皮。男孩没想到他会真的动手，所以有点吓到了。回头叫了几句话，他假装听不清楚，手掌搭在耳边。

看到一阵骚动，奥丽芙过来看看有没有事，陈怡君也跟上来，心想怎么才走开一下子，就惹麻烦了，好像这样做的目的就是为了召回她。见到奥丽芙，她试着解释一番，人家很客气，说没事就好，还说没有照顾好大家，觉得很不好意思。

"谢谢你来，请多留一会，喝点冰的，这场面实在有点乱，抱歉。"

"有一点误会，我道歉，他不会惹麻烦的。"拉到一旁说，并看了他不在乎的样子一眼。之后他们便钻到另一个角落，想要当作完全没有刚才的事，她没有说话，阴暗中整张脸仿佛脱了层假皮。

封在这个没有窗户的大盒子里，他们明确感受到一个独立的空间隔绝了他们与整个真实世界的连结，那些可信的天空与道路，此刻都彻底与他们断开了，拥有的只是一群散乱的人影与停滞的知觉。

在谈租借场地时，店家简单拟了一份合约，要求这一方负起所有责任，包括人员秩序的维护。奥丽芙认为场地本身的性质与老板所指的"秩序"有抵触，"难道我是要用来开社区大会的吗？"她当面说。既然是要场面自然，她就势必得动员精于此道的人，例如学校社团。其实她都计画过了，她希望来的人要有三成是旁观的"新手"，两成的老手，其他则只要是"点得起火的柴"就可以了。当这些人玩得投入时，哪还管得着秩序，要挤哪就挤哪。当然没有人希望发生事情，但是要大家小心翼翼"维护场地原貌"，规规矩矩在自己分配的范围内，"那我干脆去租殡仪馆算了！"她又辩说。双方都想压过对方，奥丽芙认为对方根本只是想提高额外的租金，才会故意临时又提议刁难，气氛很不愉快。

"收工。"导演摘下帽子，抓抓头皮说，"就让孩子们再多玩一会吧。"这才终于让她放心地喘一口气，忘掉之前沟通时的种种忧虑与不悦。她对于把这个"孩子们"凑在一起的作为很得意，仿佛兴邦立国似的，她晓得在场这些人的底细，只要一有通路，他们就嗅得到，并且依附上去。如果没有她，这些人现在有办法这么快乐吗？为此她有资格得到奉承，穿上那件不便宜的薄上衣，在这一切结束后去好好享受一下。

人们纷纷转移位置，有的到热一点的场子里，有的则相反。这时沿着墙边，一个女孩手上拿着一小叠明信片般大小的广告单走过来，给了林建铭一张，没说半句话，只是微微点个头就又马上走掉。他一看，上头写着"综合戏剧，虚实之桥"八个大字，底下则注明"娱乐即创作即医治即宗教……新天地就此辟开。"这么简单一行语意不明的怪句子，后面则是一个电话地址。他探头看看那个瘦小女孩子的背影，发觉传单并不是发给每一个人的，而且没有人在注意谁有或没有这样的小传单。他不晓得这是依照什么条件决定发不发的，是年龄、外表或是举止，心里觉得几分怪异，便随手把单子塞进口袋，不去理会。

她需要置身在这样一个有没有她在都一样的地方，不断出现在不管认不认得她的人们眼前，并且一次次离开所到的地方，穿过一处处路上无关的地方。有时刚进到家里的一刻，她会突然忘记刚才是去哪里，就像忘了早餐午餐吃了什么，等下一刻想起来时，往往又想起许多没问的事，例如午餐后听到同事讲到关于生孩子过程的生动描述，传神的形容，以及听的人的难过表情。"就像我们拉屎一样，一不用力，小孩就会缩（这个动词用闽南语说）回去。"她一点也不知道干吗还记着这些事。

"我以前有一阵子常和人家打架。"林建铭说。

"结果呢？"她问。

"运气不错，我比较像是不要命的疯子，通常会吓跑人家。"

"要是人家报仇，你就真的没命了。"

"要真管这些事，那还用得着打架吗，干脆猜拳不就得了。"

按照老板前几天的要求，她必须负责帮忙店长筹备下个月的展售周活动，一份相关资料摆在桌上，让她回到家就提不起精神。英文字典卷着页角放在眼前，夹着无数生字。她的字典有特别的标示，她自己在常用的字首部分，像是 re、in、ex 等等，贴上小纸片当记号，以便利查找。

资历一久些，参与的公司事务就会增多，她不希望如此。换过很多环境相似的工作，这一次是最投入的一次，当初几乎确定往后就会长久留下来，这也是原先培训的条件。为此她向一位同行的朋友讨教过一段时间，也可以说是被辅佐，进而与人家有了私下的往来。可是如今她又觉得疲倦，像是厌恶一段婚姻关系一样，想要什么也不顾地脱逃，她的确有在时机尚未许可的情况下脱逃的前科。这个矛盾的个性困扰着她，每次好不容易获得一点成绩，就开始产生另一种渴求，也许父亲的遗产正是最大的后盾，金钱上的无虞宽容了她的主见。

"我也知道溺爱是错的，但是对于你，我的宝贝女儿，好像再多的宠爱都不算是溺爱。"父亲拧着那条破旧的毛巾擦脸时说。她无心地翻着字典，读出那些英文单字。小时候本来母亲打算让她随祖父到旧金山去，祖父说："我们去美国好不好？那里有很多饼干，学校有很多小朋友。"但是父亲舍不得，总觉得孩子自己一个人在别人的国家成长，好像不太对。记得父亲将她从祖父身边牵过来，用说笑的语气说："留在台北比较好啦，反正这里就是一个小美国城了啊。"回想自己如何走进那家开在美国学校附近的英文旧书店，小瓷娃娃排在橱窗边，里面充满木头的质感，书本纸张的气味与颜色，儿童书的图案，杂志的照片与广告。她还记得搭车直走过桥后左转，那家吃得到冰淇淋的牛乳公司的西餐厅，坐在白色的铁条椅上，玻璃桌面送上一球装在半圆形不锈钢杯里的冰淇淋，身上穿着的是在外销成衣店买的新潮款式的羽绒背心。她与父母到电影院去看了多少部美国片后，还去买了电影的唱片，回到家则又在电视上看了多少美国歌舞节目与喜剧，连本地的节目也要尾随模仿。加州柳橙汁、调味汽水等，所有一切仿佛都在那句话的照耀下闪闪发光——小美国城。

读通一段讲复制古典餐桌椅的文章后，她搁下了字典去洗澡了。在衣服尽褪后，一阵寒冷让她打了哆嗦。她认为林建铭不可能真的喜欢她，就像自己也未曾需要过这个男人一样。当对方在床上缠抱她时，她觉得像是被一条大蟒蛇张开嘴巴，慢慢活活吞进肚子里。有时候她觉得，人的肉欲是人一切努力的动机和目的，而不是一样可有可无的获赠，是一定要有才有意义。这个吞吃着她的男人，和任何一个男人没有不同。漆黑中，手掌对她而言就只是个手掌，这就是真相，在亲吻身体时，像是一小口一小口急着啃食树叶的毛虫，一点也不需要知道她成长的背景，那早都过去了，之后还有太多漫长的日子在整修她这间老房子。从某方面来说，她的选择并没有太大的意义，"喜不喜欢"更是一个幼稚、不切实际的依据，就像是一个空洞的口号或誓言。这个发现虽然有点让人沮丧，但同时却也给她一种全然的放松，她需要这个发现，让她畅然呼吸，漠视得失。甚至因此可以接受各种可能，如同登上几十层的高楼，脚再也踩不到远远的地面，底下不管什么样混乱，全都渺小得有趣。

　　晚上十一点半，林建铭来到她住的地方，要求进到屋里。未事先告知的原因是，本来他只想出门吃消夜，顺便逛逛，结果在几个红灯的等待时，临时改变主意，而且若是先说，可能她会有别的意见。他从来没有这样的举动，早睡早起的习惯是改不了的。这个晚上他一直睡不着，所以他这一趟是来求取欢合的。坐到沙发正中央的位子，头往后松靠，他没有马上说出要求，不希望造成不恰当的气氛。陈怡君知道他很怕又落入以往的独处状态中，当他想到有一个女人在某个地方，容许他接近，他便无法再忍受独处。窗口切下一块私有的风景，柔软的坐垫让人不想久站。她的半张脸盖在长长的褐色头发后，展售活动的准备与其他的打算给她莫大压力，晚餐的菜没吃多少，只是猛灌冰茶水。虽然已经有过几次经验，但是每次他都不确定要怎么开始身体的接触比较适当，他很怕这个自尊心很强的女人，会因为他的言行失误而拒绝他。

心想再迟的话会耽误到明天，于是他走过去摸摸陈怡君的胳膊，没说半句话。手指反复搓玩着发夹，眼前的景象望得模糊。她有一股冲动想跳入一池冰水里，让这热暖暖的身子熄灭、僵硬，变成一座可以在撞击下脆碎掉的冰雕，否则她会想要狠狠伤害这个男人。在一阵顺从后，她把心里的想法坦白告诉林建铭。她说身体的接触会马上产生欲望是没错，可是他的性能力无法带来满足，她会因此觉得很难过。关于这点林建铭不意外，他心里早就摆着这件事，甚至可以说是一直在逼她讲出来，所以当真的听见时，他的反应很冷静，只是觉得很难堪，甚至很可笑，因为这件事居然只是这么几句话就可以说完。陈怡君知道这是很普遍的现象，自然不必忌讳隐瞒，她认为自渎是暂时唯一的办法。

夜里满心挫败回到家中，林建铭眉头牢皱着，觉得世上什么东西都无法娱乐他了，食物的饱足只是不断在喂养他这个愁苦的神智。他的女人为了性欲的不满足必须拒绝他，幻想着那个小小的身体会需要一个什么样的男人来弄一弄，他无法忍受这样的折磨。他感到身体有一个部分是脱离头脑控制的，无法像手脚一样按照人的意念活动，那个部分是个无比陌生、无比遥远的自我，黑暗神秘，静默潜隐，无法理论沟通，无法证明测度，好像自己并不拥有这个部分。

"我们应该怎么办。"他说。

"这不是对错的事，我们还是可以和以前一样。"陈怡君说。

"不可能，是为了什么要和以前一样。"

"你一定不希望我也一样难过。"语气轻弱。

"如果我有能力，我绝不会这样温柔，我会非常自私，非常残暴，我会想让女人变成一个性工具。"他两眼盛泪，"如果有一天我有能力，我会虐待你，然后我就会很自责，很怜悯你，因为只有自责和怜悯才能够证明我有能力。"

"很多人都是这样子。"她沉默了一会说。

"不，大家跟我不一样，我吃过的苦没人知道。"

"那不重要，一切都是可以改变的。"

"太迟了，我不该忍受这些的，这不是我的错。"表情苦恼。

离开的时候，一群不知从哪来的飞蚁，悄悄钻进了窗户，一瓣瓣薄翼断散。

换上布鞋和短裤，假日黄昏的时候，陈怡君突然想到要去慢跑，就像是上次一样。走到附近学校操场，中央施工的工程车重重地翻挖着土，一堆堆模板和水泥挡在一旁，没办法活动，她只好出来到街巷上，稍宽的路车辆来往频繁，窄的路则是住家的孩子在骑三轮车、玩皮球。于是她放弃跑步，只能走走路。那个晚上的事情并不完全影响到她，因为她明白那只是一个阶段情绪上的不适应，过一阵子就会想通的。但是影响到她的是，她觉得这种障碍会一直重复出现，一直干扰她顺利追求满足，这是永远不会改变的，她必须脱离这个受限制的状态。路旁一家水族馆吸引她过去，一箱箱色彩红艳的小鱼成群游窜，身上的花纹各异，圆圆的眼睛像人一样瞧着外头这个没有水的世界。

她和林建铭去过一家大型的水族馆，里头还有鲨鱼隧道，那简直就像看到了外太空，只要在那一面玻璃墙前待上十分钟，任何人都会沉迷在其中的。他们坐在一个可以远远看着一只肥大的海象浮沉的座位上，蓝色的深水安静没有重量。林建铭想起来，说他二十几岁时，本来家里已经存了不少钱，可是有一天，母亲在家门前趴坐在地上，全身发抖，神情惊骇恐惧，问了很久才说清楚是怎么回事。

"全都没了，有一个人，把我们家所有的钱，全骗走了。"声音低暗说，"我有去派出所报警。"

"是什么样的人？"他问。

"一个穿衬衫领带的，他说他是银行职员，说要……"母亲一阵头昏眼花，抓痛了他的胳膊。后来一直没有消息，管区员警还指责她就是起贪念才会受骗上当。这个打击让家中一切都得从头开始，他觉得自己的人生就这样一夕间被一个陌生人改变了。多年后，他有时还会想要见那个人一眼，看究竟是个长什么样子的人。"一定长得很亲切，甚至讨人喜欢的样子。"他甚至认为，自己以前喜欢打架，原因便是希望有一天能报仇。他在安慰母亲时开过一个玩笑，说要是早知道会被骗钱，那他们之前就不用那么努力工作了，母亲没有反应，像是从此变了个人，不再亲切随和。

"她可以一直不说话，忙碌个不停，有一点像禽畜的模样了，无法沟通。"他轻轻扶着陈怡君的腰说。记忆把从前的时光变成深水一样的东西，他们的话语变成气泡，片刻便冒冲到天外天。

他必须尽早说出一切，让对方能够尽早判断，是否还要坐在一旁，或者再也不要见面，否则就等于隐瞒了一些事。可是如果晚一点再说，也许很多原本人家不能接受的事，会变得能够接受。睡醒后又躺了一个钟头，一点精神也没有，他后悔昨晚去找陈怡君，如果再迟一阵子，就一定不会被拒绝。都怪自己太急躁，不，他认为自己并不急躁，因为他已经忍耐十几年了，要是再多忍耐一天，很可能就会永远丧失活跃的能力。他必须在自己产生欲望时，立即不顾一切地去满足，而非一次次消灭欲望，以自残为荣，他心里悲伤而愤怒，仿佛死亡是种值得去肯定的贡献。白天几通电话打来和他讨论店里生意的问题。他无心地随口应付，突然一点也不晓得什么事该怎么做，只是抓起一桶满出来的脏衣服到阳台上，习惯性地站在这里洗涤着。

掏掏每个口袋，避免洗到卫生纸或是钞票。结果在一个裤子口袋里，掏出了一张皱损的广告纸，也就是上次去跳舞时拿到的那张。上头的字句还是看不懂，只有"戏剧"一个字可以想象，这大概是卖票让人看戏的表演。他和陈怡君在国外看过一次英文的歌舞剧，故事简单通俗，表演得很有趣，其实那种感觉和在路上看热闹很相似，而且自己好像被推送到现实时间之外。陈怡君没想到他会真的喜欢，结束后一路讨论剧中的情节，坐在小吃店露天的座位，他们讨论得不在乎热狗面包的酱料太咸。

"小时候我们全家人常常一起去看电影、听音乐会，然后上馆子吃饭，暗中和一个医生朋友的家庭互相较劲，看谁的生活水准比较高。"陈怡君说，"也许你不相信，少女时代我还去跟一个法国男老师学过芭蕾舞，他要求我们要用法文念基本舞步的名称，像是'八特蒙东度迪盖榭'或是'度米耶普利叶'之类的。"

"你说法文耶。"他睁大眼睛笑说，"有机会我们应该常去看表演。"

洗衣机搅转着漩涡，衣服如溺水者，任随摆布。他知道接下来又得回到独自一个人的真实生活了，触摸着一样样连接扩张出去的东西，衣橱、墙、门、楼梯扶手……过去共处的日子，那个他所曾占有的女人，如今全成了一场虚幻的夜梦，现在他必须彻底醒来，弄清楚究竟这是什么。打个电话去问，一个女孩子的声音说，剧团表演是每两天一场半个小时的短剧，这两个星期演的是一出叫《防身》的喜剧，门票也不贵，于是他打算去看看。

地点是在一个靠近郊区的住宅楼房地下室，门外有一块不大的木头招牌，上面写着"综合戏剧，虚实之桥。卢氏私人剧场。"他站在外头向门里望了望，没有人在的样子，整个附近的气氛实在冷清，他有点后悔，但是来了就进去吧。

卢先生原本是位地方上的大人物，为人豪爽，由于生前热爱戏剧，经常招待失意的穷演员或剧作家来到宅里作客，余兴时会演演几段杂剧，后来声名渐躁，吸引不少人来参与。不过由于许多因素，剧场一度没落，近来才又在一群师生同好的重整下恢复活动。剧场的座位只有近百个，咖啡座则约十来个，舞台小得容不下几辆车，林建铭很怀疑这能演什么戏。开演前环顾四面，观众不过二十人，而且有些明显还是自己人或朋友（有一个好像就是在舞厅发传单的那个人），他觉得好像来到陌生人的家，一点也不如预期。

戏准时开演。《防身》的故事讲的是两个貌美的年轻女子，因为害怕在路上遭到色狼强暴，所以买了一组昂贵精良的防身武器，天天带在身上。可是两年过去，她们一直没有遇到色狼，也就一直没有使用到防身武器的机会。两人越想越不甘心，于是决定要到处引诱男人非礼她们，好让防身武器有使用的机会。整出剧就在这个本末倒置的情节下展开，到最后结局更是意外，看得所有观众投入其中，包括他。他满意地鼓掌，顷刻完全忘掉了这几天的愁烦，当然，想到可惜陈怡君没有来，他还是不免有些失落，不知道该怎么接受事实。

结束后，咖啡桌上准备了免费的茶点，台上台下的人大多聚在这里交换意见，笑指几处刚才即席的发挥，好像下次再演时，又会有所不同。只有他没有吃茶点便匆匆离去，背影看起来有一点像是走错地方的样子。

走到哪都不对，有时候竟会有这种奇怪的感觉，有时就是需要一个开阔的空间，甚至每个钟头都需要，可以眺望一下，可以走几步或跑几步。水族箱里的一只只眼睛与人多像啊，他忍不住说，他说过，小小的水族箱就像是个医院里的加护病房，滤水器关掉鱼会死，气泡机关掉鱼也会死，水换多换少了还是会死。"然后没有便利商店人会死，没有发电厂人会死，你知道我的意思吧。"陈怡君还是找不到一段路可以慢跑。站在路旁等绿灯时，一只野狗与她互看了一眼。

展售会结束后不久的一个周末，她试着与忙碌的王雅婷联络，间接提到自己换工作的意愿，因为以前的确有几次，人家有说到几个不错的机会，至于个人私事这次则只字未提。对这次见面王雅婷有点意外，认为她该不会是故意想出难题吧，不然就是真的对自己不了解，或者是不在乎了不了解。头顶上方的塑胶雨棚在阳光的热晒下，膨胀得啪啪作响，看看手表，想到快要来不及出门，便先大致与她推托一番。

"现在是他们年轻人的时代，以后我们有得受的了。看，我这种人完全没有下班时间，没有假日，等一下我还要去内湖看一个甄选会，真是入错行。"站起来穿上外套，拨拨头发。在门口分开后，她搭上一辆路线近捷运的公车回去，情绪十分沮丧，偏偏四个中学男孩正在座位旁不停大声说笑推拉。她发现自己其实一直没有真正的主见，只是在学别人那令人羡慕的模样，假日挤进连锁咖啡店里读着报纸上的政治经济分析，自认成熟，结果只是活在薄薄的一层表面上，一段时间后就被带到另一个地方。也许自己根本不是这块料子，却硬是不认输，让事物不断反复。已经不是第一次这样反省，但最后总是相信这次可以彻底改变，脱离窠臼。她不知道怎样当好自己的主人，似乎总是希望能由别的主人来引领，她不认同自己的相貌，排斥自己的语言，贬抑周遭的客观现实，终至自伐殆尽。

不是这块料子。她想，也许自己和从前在市场卖菜的林建铭是一样平凡的，而每一本从前读过的书，只是转移了她的注意力，让她自命不凡。公车不停震动着她的身体，背部以下一阵麻痒。现在她似乎需要靠这一番自责来平息内心的沮丧，好像能认清到"不好"，也算是一项稍可安慰的本领了。

"我好困惑，总觉得拿不定主意。"她脱掉凉鞋，踩在布满石子的海岸上。

"我才不去想那些，宁可去看电视，无知就无知吧。"林建铭说。

"我没办法像你那么天真，也许疯子就是这样吧。"

"可不可以请你不要批评我的女人？"他们笑着。走到潮水侵及的边缘。"我们来玩一游戏，我们不要看地上，同时蹲下，然后各自捡起地上任何一颗小石头，然后比比看，谁捡的石头上面的花纹比较好看。我知道有点幼稚。"

"有点像决斗是吧。"他们看着对方的眼睛，蹲下去，摸起了个小石头。

"数到三，手掌打开（这个海岸的石头都有花纹）。"他们一阵比画嬉笑。

"万中选一，感觉到了吗？"他又说。

海水成波、成浪、成潮，好像是在慢慢将人的想象带远，远得脱离了出处，无人招认，陌生而孤单地纵生着，在此在彼，形影消散。

第三章

时间还早，车子继续在附近绕行。一条去年才拓宽的道路，平直地伸进一片重划的老住宅区，另一边则是高耸扛天的办公大楼，周围移植了一排挂着几丛叶子的小树，几只麻雀衔着干草，朝冷气机的缝隙飞钻。坐在停好的车内，林建铭吃着一份路边买的烧饼豆浆，听收音机上一个医疗保健的节目。

　　喜剧《防身》上演的最后一天，他临时决定再来看一次。"卢氏剧场"目前分成两组人，每月固定两个星期排练，两个星期上演。正团的风格严肃传统，副团则新潮通俗，交由一群年轻人自己玩。自从半年前留美的谢老师回来接管后，副团的作风更加激进大胆，有时他们会为了一些政治诉求，主动走上街头表演讽刺话剧。回到剧场则经常玩弄前卫概念，搞得观众甚至团员不知道那是在干什么。为此"卢氏"的内部开始有些不同的意见，一位元老还预言，副团早晚会分裂出去。谢老师的观念认为，没有"戏剧虚构"这个东西，只有"第二现实"，也就是没有区隔意识，而是演员自然反映出如何被情境条件左右。

节目单上只有文字和一个草图，林建铭反复读了几次，其中有些地方不太懂，例如"机制"、"投射"这些字，这类字让他心生自卑，因为字典查不到解释，就算有解释，也必定又是个难懂的叙述句。在演员表里，他找到了一个名字，就是担任主角"长腿"的杨施，一个年轻的女孩子，身材高挑，长相很迷人，走到哪总是吸引每个人注意，何况她总能掌控观众的情绪。在台上扮演这个性格极端的角色时，她刻意夸张一点，让自己看起来有些可憎的喜感。林建铭几乎一眼就感觉这个人的醒目出众，不愿把视线移开。

这次结束后他留下来吃茶点了。站在一面贴满剧照与海报的墙前，他不禁投以羡慕的眼光，当然，他也知道自己正在别人眼前"表演"。一旁的年表与剪报，是这个小团体的光荣记录，陌生的领域与一群特殊的人，一种必然的隔绝拦住了他的路，引起他没情理的不满。照片上杨施的样子在不同的扮相下，有着截然不同的神韵，仿佛是个千面人。这时后面传来一阵喧扰，转头他看见杨施和一位男伴一起往门口过去，准备先走一步，要赶到机场搭飞机，同事们一致热烈道别。接着大家又回过头来讨论。"有些人可能认为这出戏不合情理，其实正好相反，因为买防身武器这个心态本身就是异常恐惧，而后来的暴力行径，正好解释了恐惧心态者所压抑的报复欲。既荒唐又合理，真是精彩。"一个学长观众说。

"对，我也常感觉到，平时最善良的人，一逮到机会，往往却是最凶狠的人，这种'要闹大家来闹'的心态，其实背后有一种很特殊的逻辑，人把自己变成自己最讨厌或最惧怕的那个人，把错误替对方犯得更加彻底，最后毁掉之前辛苦保护的东西。"一个团员说。

"这就是可笑的悲剧，多么矛盾的命运，如果明知如此，人还是愿意面对，那这又是什么？难不成是可悲的笑剧，是的，真正的绝望者，就是笑得最狂的那人，笑吧朋友，我们别无选择。"另一位团员说。林建铭边听边啜饮着纸杯里的热茶，他不晓得人是会这样说话的，但这正好又符合他对于这个小团体的想象，好像再不可思议的事发生，在这个地方都是理所当然的。

大家这时刻都在动脑，一种看不到的运动正暗中进行着。一个负责后台操控的人瞧了他的空杯子，就近与他说说话，稍微倾身过去。

"再喝点茶吧。"见他点了头谢谢，又说，"你来过这里吗？"

"没有。"随即又改口，"不，上个星期来过，这算第二次。"

"以后欢迎常来，这里看戏很自在，自在到让人不习惯。"小虎笑了一下说。一位助手跑过来在这人耳边问话。
"不对，你要先把整个架子移下来，然后才能打开开关，
昨天才讲的怎么就忘了？"小虎接着小声比画说。他在一
旁注意到，自己和这里的人看起来就不一样，连穿着打
扮，都显得格格不入。不过这个机灵的年轻人似乎知道
这一点，也知道他不希望被看出心思，或说希望被忽略，
以便能够坐在观众的位置，继续安全地窥看。他觉得别
人一定知道他是拿到传单才来的，而一个人会只因为拿
到一张在某种场合散发的传单，就乖乖来报到的话，那
这个人是多么好欺负。他小心防御人家的刺探，但是又
觉得既然敢来，就没有必要防御了，否则为什么不干脆
快走，也许还能趁早引出人家的意图，那不是更好。是
的，他才不怕，要怎样就来吧，一种想打架的心态再次
左右他。

　　然而表面上却是随和的，他注意到小虎并没有局限
在唯一的话题上，而是顺着他的反应，广泛地牵扯别的
感想，虽然开口说分明的人不是他，但是终究还是听的

人，他没有拒绝，好像什么都能接受，并且期待听到想听的事。留得越久就越走不开，真不知道怎么应付，他发觉自己一个人是无法像陈怡君一样，在这种地方多留一会，他本来是绝对不可能去那个舞厅的，他觉得好像被带来丢弃在这个地方，遇到不该由他遇到的事。那自己应该遇到什么事才对呢？他想。

几本尚未还给陈怡君的书还放在床头，这些书在与她分开后，好像就失去了一层魅力，无法再让人想要埋首其中，从前自己所做的一切都是为了一个最终目的，希望她能愿意提供一种绝不会再提供给别人的珍贵东西，不管那东西是什么。她知道这个男人在年轻时没有得到过一样东西，这个缺憾会让他一辈子都在追求那样东西，或者寻找一样可以勉强取代的东西。然而当这个人会为了缺乏那样东西而悲伤时，那么那样东西便永远不会被这个人追求到，因为人无法为从前的饥饿去饮食，人只能为现在的饥饿来饮食。时间将人与他自己的过去隔离开来，当"过去"脱离了人的"双手"之后，往事便会产

生一种崇高化的形象，这种崇高会夺去人对"双手"（指
各种能力）的自信。于是这危及到是否应该再相信自己能
掌握现在，因为对人而言，除非有意脱离，否则"现在"
都将只是往事的再延伸。她放下书本，躺在床上静思。

　　她想不出躲避林建铭的理由，只是自己没有立场提
出意见。不久后，在王雅婷的推荐下，她试着与奥丽芙
一同工作，负责联络洽谈一些繁杂的事项，例如帮忙租
借场地或音响器材，帮忙宣传活动及监督训练等，这方
面所需要的小技巧她是有的，尽管偶尔因为不熟悉状况
而犯错。每天的早出晚归，行事历与电话的束绑，临时
的难题，让她几乎不能适应。王雅婷说：

　　"我到现在还是搞不懂很多应酬的规矩，但问题是所
有人都差不多，都希望互相给点方便，自然一切好坏就
没有人讲究了，只要事情办完。"

　　月底的时候，有一个商品型录要拍摄广告，她受指
示必须去中文学校里找几个西方人来担任画面陪衬，外
貌只要平凡即可，不能抢走主要模特儿的风采。按照约

定，一位受她委托的校内学生，负责在周末以前把人找齐，一起来到排练室，直接讨论隔天的拍摄内容。

"人呢？"她看着这个学生与后头一位马其顿的男生问。

"他们说马上就来，可能是他们兼差上英文家教的课被耽搁了。"学生说。

"他们不是说没事，怎么现在又有家教课？"又问。

"喔，是这样，因为他们是帮朋友代课的，不是自己的课。"说完差不多过了半小时后，其他人才陆续到。一人发下一张影印资料，她大略用中文夹杂英文讲解了整个过程，之后就打电话转告奥丽芙整个状况。这几个白人彼此认识，除了年纪较大的那位美国人例外。瑞依史考费尔德，三十五岁，中文名字叫史睿仪，来台北才两个月，他对中国文化很有兴趣，平时除了上课和打工外，每周还会去一家位在小巷子里的国术馆学功夫。独自专注地读着中文字，他的神情有些迷惑，拿起笔便在纸上写起一行小字。排练结束后，看看手表，他抓起一串钥匙和大背包，便挤出一片谈笑声外，赶赴下个约。陈怡君注意到了这个人，认为瑞依的胡子也许会影响到整个画面，但是又不敢提出来，因为是别人拍摄的，她可不愿自作聪明，得罪人家，她宁可自己扛下责任，等明天再让奥丽芙来批评。不知道为什么，她就是很怕会让外国人不高兴，仿佛主人恶意刁难了客人那般失礼。

没想到，隔天早上一到摄影棚，她发现瑞依已经把胡子剃掉，露出一个白尖的下巴。她没有问人家为什么剃掉，但是她的表情似乎已经问了。同时这里没有她的事了，站在工作人员后头看了一会，热亮亮的灯光照白了干净的塑胶地板，镜头以外的四周则是相对陷入阴暗，退离猛拉过来的电线，她知道自己该走了。

下午她老远跑了一趟监理所，帮分公司里的一位演艺明星缴违规罚单，接着又拿收据回公司报账。一路上她觉得极为疲倦无聊，炙热的阳光像是在对着人们用刑逼供，逼人说出心里的不满。想到要扮演一个低卑的角色，她就无法以正常的思考来应付问题，但是似乎也只有低卑才能保护她不被问题所限制。半路躲到一家店里喝杯冰茶，望着门内一缸游个不停的鱼，她想，如果当初自己退让一点，大概就不会造成林建铭的难堪与羞愤，既然话已说，意已明，那应该就没有顾忌了才对，她猜想，说不一定其实对方心底很希望能挨那么一下，之后反而更需要她的接受，即使自己必须安于低卑，那也不算什么损失了。

晚上翻翻日历手册，她考虑要去找林建铭。这个改变的想法并非无中生有，她回想起来，发觉好像是早上那个白尖的下巴给她的灵感。史睿仪的胡子一夜之间就那样消失，整个人的容貌都变得不同，她站在后头看着，然后离开，穿过一条堆满道具的走廊时，忽然全身一阵寒颤，好像一瞬间便过了好几年似的怪异。

林建铭接到电话时很平静，他们聊最近的情况。

"那就好。"

"我也不知道为什么上次会那样。"她语气低卑说。

"本来那就是很自然的事。"林建铭顺着话说。

然而之后他们却迟迟未见面，因为见面比说电话更真实，更不容易接受。但是心里总还是想见面，结果见的却是另一个人。

隔了两周，卢氏副团推出下一出戏，剧名叫作《混血》，风格残酷病态，充满幻想，首演场坐在台下的林建铭觉得有些惊骇。故事是说：有几个独立自主的西方女孩子，组成了一个小团体，她们专门到世界各地旅游，与世界各个种族的貌美男人交媾，目的只是想怀孕生下混血儿。她们坚信混血的人类最好看，自称为"基因雕塑家"，这些混血儿被集中豢养在一个别墅中，母亲们为孩子拍生活照，开摄影展，赚得一笔钱，并引起别人争相模仿，人权团体为此严厉谴责……但是母亲们甚至准备强制这些"二分之一"血统的孩子们，在青春期后再互相交媾，生下"四分之一"血统各异的孙子，颠倒伦理、藐视禁忌……杨施这次在剧中演出一个领导人物，许多段重要的台词皆出自她的口中，那些话语被她说得像是一把火一样热烫，焚烧着四周的空气（平时没有人可以这样讲话的）。她的角色行径大胆轻挑，戏弄男人，解放自我。林建铭从来没有从这样一个非现实的角度去看一个人过，好像这个女人只存在于虚假的舞台上，一点也不管外头的现实是怎么一回事，性格强烈不隐藏，像一幕奇景，一个模型，推翻了情理与一个人应有的面貌。

他知道非现实不是虚假的。母亲总是迷信，仿佛神与鬼才是世上的主宰，而人只有乖乖臣服的份。为什么人会把心灵寄托（他常听到的说法）在一个玄怪荒诞的思想上，且不自知呢？很多人的父母都是那样暗地里信奉一个异教，花再多的钱都甘心，好像一个间谍一样，表面上遵守常理，慈善祥和，但心里、背地里却向上级打小报告，参加残忍的献祭仪式，默许利益输送，仿佛与人私通。他知道不管怎么劝都不会动摇，并且也无益，所以他也只好变得表面上包容。观念是个人体验的结论，就像母亲提醒他，一个男人如果没有娶妻成婚，那就会变成一个不正常的怪人；一个没有依属的人，一定会做出疯狂的举动。

杨施说着："我对你的请求，不过是我的允许，进来到我的房内吧！黑种人，让我们的容貌融合，让我知道到底那会是个什么样的容貌？""看，界线在孩子们的容貌中消失了，我永远看不腻这样一张奇异而美丽的脸。""肉体真是一个魔术箱，而欢愉又是一道何等高妙的咒语……"舞台上的男女，肢体亲近着，过程简化成片刻，表现她们每年利用一个男人。

他没有预料到这一晚会见到什么，会觉得如何，只是时间一到，就想要来这个新窝，他变得不希望陈怡君来这里，好像这里是一个自己的私密天地，不能被察知。"你可以随时打电话给我，也许等再过一阵子，我会去找你。"上次他说。那通电话使他有些心生恐惧，随手收拾起了茶几桌面。他觉得被一个人看得一清二楚后，他会变得可以预料，仿佛被窥看。陈怡君知道他接到电话会很高兴，知道他想去哪、想说什么，否则便是隐匿。因此他不但无法马上去与想见的人见面，还想要躲到别处，躲到一个真假不分的地方。在往"卢氏剧场"的巷口外，他告诉自己，这是个别人都不知道的地方，没有一个要找他的人能找到他。抬头望望，四周的一栋栋楼房，仿佛围拼成了一口深陷的井。

"真是媲美《莎乐美》，太精彩了。"落幕后，一位上次来过的观众鼓掌说。他发现几乎每次来的都是同样那几个观众，真不知道剧团光靠门票收入要怎么经营。在咖啡桌这边，他探见小虎正在后头忙着收拾机械，同时看见杨施正被几个人围在一旁说话。回头吃了几块酥饼，他无意听见前面一位观众和演员的谈话，从谈话中他发现，这出戏原来是一位老观众花钱请托他们编演的。团长谢老师等于把这个园地租给了外人，只要观众提出一个想看的故事，由他们评估后，便可以将故事编成一出戏上演。有的夫妻会在结婚周年时，请剧团演出他们之间的爱情故事作为庆祝，或者丧亲后，家属将他个人的小传搬上舞台，以兹纪念。

正团那边对此并不知情，因为这项服务只在熟悉的观众私下之间传说。

"很难相信有人会这样要求，那委托一出戏要花多少钱？"

"我不知道，其实这个概念就像订做衣服或委托作曲一样，客人想要得到某个自己无法制作的东西。一个自己想看的构想能演出，我相信一定是值得的。谢老师认为台上台下的关系要密切不分，要积极交流，要与现实融合在一起。"

"混血是个奇怪的构想。"

"如果平凡，那还需要请托吗？"听到这番内幕，林建铭有些讶异。认为这个地方似乎并不单纯，到底还有什么他不晓得的。他认为那几个人把杨施包围得太久了，难道不能自己走开，他们到底在说什么。而别人如何看他坐在这里，他或许不该穿这件新衣服，可是他不就是为了来这里，才会去百货公司买这件款式较新的衣服，（他应该看起来更年轻，要不是有钱买，或舍得买，他有办法看起来更年轻吗？）一切都得靠自己判断，唯一可信的人，这便是孤独，他必须去相信别人没有恶意，让自己更放松，不去意识到何时该做判断。

杨施的男伴来到后台等待，与小虎一同抽根烟。罗庆志是一个外貌很好看的男人，从事建筑设计，以前在德国学过公共空间的环境规划。沉默寡言，一年来与杨施相处得很好，两周前才从夏威夷的茂伊，拍了一堆照片回来。过去跟杨施讲了一声，罗庆志先出去把车子开到门口。知道人家快要走了，他想要再多看几眼，但是又不希望被别人发现他一直在注意杨施。距离不曾更近些，总是无法看得更清楚，这个女人的美貌像是融雪化冰一般迷人，由静而动，无法限制，不去注意才奇怪。在路过的片刻他想，这是他所见过最迷人的女人了，没想到世上会有个让他感觉这样奇异的人，而且就在眼前，与一般人一样行走、说话。所有男人背地里最终都希望在某一天得到这样一个奇异的女人。全身一阵虚弱，他把视线转回到桌上的茶壶，想起了一段陈怡君说过的话："你真的想接受我吗？我不是你真的想要完全接受的人吧。""我不相信，说谎。"她想看林建铭的反应，一个大男人该不会连几句话都不能承受吧，怎么样才算为难，她要让对方明白自己太过拘谨，因为女人对这个男人来说，一直只是一个遥远而无法接近的东西，女人成了只能眼睛看看的一种扁平的外表事物，完全没有内在世界，没有足以构成一个人的丰富条件，所以肉体便是他想从女人身上得到的唯一东西，他无法体会根本上的男女爱情，更不用说那些责任及自我的维护，陈怡君必须拒绝他，让自己的肉体成为一道障碍。

一年后的一个夜晚，陈怡君与一个男伴坐在中文学校附近一家有现场音乐的酒吧里，回想起从前如何认定一个男人的特质。她一直认为"爱情"是西方文化，不存在于中文的字义里，东方只有"超脱"、"中庸"这类玄奥的思想，西方是年轻，而东方是老成的。这一刻，她犹如一个思想的矿工，陷入一条阴暗深长的隧道中，感到劳累而快要窒息。

"你在想什么？"史睿仪问。

"没什么，只是想起一年前的一些事。"她说。舞台中央的萨克斯风乐手正在吹奏一段激昂的乐段，模仿公鸡啼叫的逗趣段落则引来一声笑。史睿仪不太记得一年前和她是怎么认识的，当时好像是有几次参与广告摄影的机会，后来是车马费以及照片上的一些问题，有了一次联系，还有随后几个公开活动的出席，一切仿佛都是自然发生，根本忘了最初是谁先找谁的，反正那已不重要，总之，现在他很庆幸能和这个成熟的女人在一起。又一首乐曲结束，一片掌声响起。

在观念中，他总认为年纪较长的这一代东方女性，成长过程中，普遍受到不公平的待遇（相对于年轻一代），他听过许多这类性别歧视的遭遇，因此往往心生疼惜，怜悯起这样深埋着种种不悦与悲凄的心灵。

这段期间，几次电话中，林建铭都没有听到她提起目前这段关系，以为一切如昔。同样的，她也不晓得林建铭的实际情况，她只想保持一种较为理智的形象，既不漠然弃离，亦不如曾经一般依托。

事实上，在演完骇人的《混血》一剧，以及接下来的一部喜剧《推理学校》之后，杨施便离开了"卢氏剧场"，去到加拿大温哥华的艺术学校就读。罗庆志则是受聘于当地一个华人企业，担任设计总监，两人从此共同展开一段新生活。

发现见不到想见的人之后，林建铭几乎就不再去"卢氏"看戏了。刚从小虎口中得知消息时，他心里一阵沮丧，简直不能接受，也不认清自己并不与人相识。脱掉一身新买的衣服，冲了个热水澡，坐在没打开的电视机前不动，他觉得自己没有力量抵御再一秒的沮丧，如果今后再也见不到伊芳（杨施在《混血》中的角色），他要如何忍受自己的挫败，改变这一切？他有一刻感到自己好像依然蹲在以前那个无聊的市场里卖菜，每个人开口就是"多少钱"，不断重复，不能逃走。

"伊芳"的扮相在他的印象中是最鲜明的，甚至更加美化，到了崇拜的地步。他把十几年来的渴望，聚光照在那个女人的身影上，可是伊芳却不可能看见他，因为他只是个无关紧要的外人，可以下一刻就悄悄死去，可以化身千万，充塞于路上与每个角落。除了伊芳她所爱的那个男人之外，任何一个人都可以是他，他感到好像自己的身上同时负着千万份的孤独，佚失在横行的人潮中。

"最近还好吗？"他问。

"不错，就是太忙了而已。"陈怡君说。

"今天是你生日，生日快乐。"

"我三十九，你四十，对吧，真不知道该怎么快乐才对。"

"也许哪天我们可以在外头碰个面。"他迟疑了一下说。

"有一件夹克一直还没还你，下次记得提醒我。"

楼下巷子口一辆车堵住通路，来车按鸣一声长长的喇叭响。

"谁打来的？"史睿仪问。

"一个以前的朋友。"

"讲到朋友，我今天听到一件很可笑的事。"史睿仪班上有一个同学，是个波兰的女孩子，一天早上她在公寓信箱里收到一张信纸，上头用英文写着：你好，我是住在楼下的邻居，我叫赖美玲，二十六岁，请问你可以帮我介绍白人的男孩子吗？我是认真的，因为我无法跟亚洲男人交往。我的三围是……。"我那个同学简直傻了，真替对方觉得难堪。她决定要把那张信拿给所有朋友看，说台北有这种女孩子。亚洲的都不可以，白人全都可以，我看纳粹都没她狠。"摇摇头用英文笑说。陈怡君虽然也笑，但心里倒是同情人家，她晓得那种心态，这种期望背后的理由是他们西方人不了解的。从前自己也有较极端的阶段，而且一切是那样自然，甚至那才是上进，否则就是庸庸碌碌。她的亲戚长辈不止一次告诉在美国读书的孩子们，说睁大眼睛看看差异吧，根本上的差异，那就是人的素质，环境的熏陶，这是她一个陷在台北市补习班的女孩所永远不懂的。然后亲戚长辈介绍一位朋友的女儿；茱丽亚音乐学院毕业归来的声乐老师，教她唱意大利歌曲。老师听她唱一首花了半年辛苦学成的歌曲，结果忍不住叹气说："你唱的音都对了，细节也注意到了，但是味道就是不对，你知道吗？味道对的时候，错音或细节省略都没关系，我知道这不容易懂，但是你必须想象一下，你一定要幻想自己是一个意大利人，你要忘掉自己是一个保守的中国人，否则永远唱不出那个味道，这种歌词所表现的爱情，不像你读的爱情小说那么庸俗，你要能体会当地人的生活、文化，这样你才能感受意大利文的美，了解这首歌其实是在讲什么。"于是继芭蕾舞之后，她又放弃了声乐练习，遗憾自己不懂西方，或者说，她所想象的西方一点也不正确。

几天假期间，史睿仪打算独自到郊区山上的一间寺庙住一个礼拜，只是安静打坐，什么事也不做。他很喜欢寺庙的感觉，每次一跨进门槛，闻到一股散不尽的烧香烟味，看着神像，他就觉得无比安详与感动，许多神秘的字眼瞬间浮现脑海，轮回、冥想、禅悟、八卦等等。他不懂陈怡君为什么不会欣赏这些自己所属的东西，反而去欣赏遥不可及的东西。每次一起去寺庙，这个东方女人总是一脸麻木与不耐烦，等来到了酒吧（他们说好要交换带路），穿着牌子都读不正确的衣服，听爵士乐喝鸡尾酒，就整个人活了起来。

于是趁这期间，她和林建铭约在一个"国际娱乐节"的园游会摊位附近，还没见到对方，他们手上就拿了好几张人家沿路散发的广告传单。一个苏格兰风笛队正在广场中表演《勇士进行曲》，大鼓响声低重，小鼓碎密，不间断的笛声震麻了耳朵。她发现苏格兰人的体型好像真比较胖，可见一些笑话还是有些根据的。一群群人到处游走，她扫视着一张张面孔，觉得临时想要改变主意，觉得见面是出于不得已，其实没必要，也许两人都不想，只是为了表现一种情谊的概念，为了得一份安心，甚至所有的鼓励关心，这一类举动，都只是调味料，虚假，没有实质上的助益。看看手表，她告诉自己，想走也来不及了。

"那个人是谁？"夜晚，观众逐一散场。

"他叫林建铭，好像是个商人吧。最近很少来，我有他的电话。"小虎说。

"商人？商人重利轻别离啊，这话可不是我说的。"谢老师笑说。

就算看不到本人，也要来看看墙上的照片。他幻想着也许伊芳（这个称呼仅属于他一人使用）改变主意，留下来继续出现在这个他所到的地方，可是如今伊芳已经消失于此地，宛若亡逝。他无法解释，自己为何会被那个不认识的女人这般吸引，他甚至有一股冲动，想现在即刻去买飞机票，跟着到任何伊芳所去的地方，去让那个女人的美貌出现在他眼前，好像自己一直只为这个念头而活。

这个无法解释的念头吓到了他，害怕早晚会跟着消失于此地。死的肉体痛苦是人最后的经验，避不掉，好像是在偿还几十年前出生时，母亲生产的痛苦。活着只是暂时，是借用的，不是自己的，只有一次机会，不能回头，知道得太晚了。一年中会有一两天，天空下起分量极重的雨水，因为只有那一两天，地球的角度刚好让冷空气和热对流形成一道水门，只要偏差一点，水门就不存在。他这一刻感到某一处开了一个洞口，在这个洞口里，他无意间窥见一切始末，那是个既定的事实，他不曾停止扫视一群群到处游走，渗入各个角落的面孔，为的就是准备要见到一个终点，一个具有吸引力的女人，一个可以让他甘于接受一切亏缺的至高价值。他可以想象那个女人是由几个迥异的部分合成的，既是现实的、严肃的，又是具有灵性的、纯真的，同时还是充满肉欲的、感官的，混融一体，无法区隔。

地上留下许多不知怎么来的刮痕，集体无心共同造成的痕迹，布置着这个没有人欣赏的单调空间。设备都撤走了，租约期满时，他让出了店面，主人带着装潢师傅丈量着管线的位置，构想着一个还不存在的画面。他对于做买卖有着一份怪罪似的疲倦，倾听了始末的小虎很能明白他的心情。在几次讨论之后，他得到了一个转变的机会，"卢氏"的秘书决定请他负责修炼营的餐厅的工作。

这个位在东部的修炼营，其实是一个私人的休憩山庄，取名为"榉园"，因为进门的地方有几棵高挺的榉树，经过时常闻到一股鸡粪肥的味道。平常"卢氏"的团员们会在这个与外界隔离的地方，接受一些课程训练，或者度假自修、创作排演等。榉园的环境良好，靠的全是一群雇工的细心照料，园艺、清扫、补给、餐饮，样样都马虎不得。现在林建铭加入这个团队，虽然角色低卑，但是却能给他不同于单纯利益往来的工作心境。

这里见到的景象；深绿色的人工池塘，木造房屋与自然庭园，无疑让人愉悦，他试着体会这也曾同样带给伊芳愉悦的事物，幻想着如何开口共同谈一件事，并且引申到每一件他所知道的事。这是他心底的秘密，于是秘密领他至此。

"所以我下个月就会离开台北了，先跟你说一声。"

"希望你在那里能很顺利。"陈怡君说。

"这两天我们碰个面好吗？"

"好，这星期有个园游会在圆环广场举办，还有苏格兰风笛队。"

　　"你对我一直很好。"犹豫了一会浅笑说。

　　"本来就是互相吧。"电话中一阵沉默。

第四章

榉园的清晨是充满情致的，灰褐色的雌鹈鸟栖坐于屋顶，小朱雀从地面一下冲到树丛，鸣叫着短促的吱吱声，模样像游玩的小孩般可爱。偶尔衔着果实或小虫子的画眉鸟，则成群在枝头躁跳，一点也不能够体会飞翔的乐趣。新鲜的空气有着植物的味道，以及与阳光之间的默契，且存留着片刻远在孩童时的记忆。这份感触与人的孤独似乎平行共道，没有确切的交集通会，也没有占据或避退，一切只是原原本本展开，所知所觉皆为一个距离的位置。

　　穿着运动服，一群资历不等的团员们已经开始伸展肢体，暖身后，还对着空旷地练习发声，母音的音量渐强渐弱，嘴型和表情夸张变化着，接着还要跳舞，做各种动作。刚开始林建铭在旁观这些怪异的训练时，觉得很滑稽，但是看到大家专心认真的模样，也就不敢怀疑。在这一个小时，他必须准备好早餐。煮了一锅稀饭，炒一盘高丽菜，煎半打蛋，其他则是现成的配菜，鱼干、腌瓜之类的东西，以及面包。摆好碗筷，站在餐厅门口歇个凉。他没想到自己现在竟然又回头做二十几岁时的工作（之前小吃店的生意他不用亲自动手），实在可笑，不管工作得多认真，还是可笑。由于他自知无法追求成功，便如此安于屈服，这份收入与他多年来的储蓄相比，是有无不差的，他纯粹是想转到这条岔路。仔细一想，如果没有去舞厅，他就不会拿到传单，而且本来他不可能去舞厅（如果不认识陈怡君，然后分开），更不可能随着广告单去看戏，这一切都是机遇。

四个雇工坐另外一桌吃，看着电视播出的任何节目。他们人少事多，像是老罗除了木工，封个篱钉个架之外，还要割草修枝叶。田妈打扫洗衣后，也要帮忙厨房，当林建铭带着单子去采买时。而年纪较轻的助手小潘则随时要被大家使唤，甚至只是传个话。同时他们又都兼警卫，随时要注意有没有访客或外人。翁秘书是这个环境的负责人，她对他们的管理虽严格，但也相当友善，有一次甚至替他们说话，因为她认为故意弄脏路面的新团员应该自己来收拾。

"我最近三天一直觉得有一点不安，不知道做错了哪件事，结果刚刚才突然想到，三天前我寄了一张卡片给一个女孩子，就是我最近说的那个很漂亮的美发师，我在卡片最后居然忘了写祝福的话，难怪觉得不安，我写了一堆表白的话，结果居然忘了祝福，不过祝福也不是很重要……"小潘说。

"你去把长桌子搬过来。"林建铭说完，回头去拿了一包面粉。

"你要煮什么？晚上要吃炸虾吗？我最喜欢吃日本料理的炸虾……"他对于小潘的唠叨很讨厌，心想，奇怪，为什么会烦死人的人，竟然不会被自己烦死。但是他有充足的时间可以慢慢去习惯，习惯任何事。

"小潘，我是叫你来帮忙的，不是来聊天的，等一下你去帮田妈铺床单。晚上副团的人要来，都准备好了吗，老林？"翁秘书说。

夜晚在榉园是漆黑而宁静的，一盏路灯过了，下一盏还不知道在哪，没有人敢在月光消隐时出来走动。几条野放的狗不知在坡地上吠争什么，昆虫则在优势下得意地鸣叫。屋里檀香的烧烟熏溢，蜡烛伸吐着一瓣火光，人们的说话声响显出一种纤细的质地，好像听久了会不确定那是什么声音。

这些人的活动把这个地方变成了一个像寺庙的地方，看不见的纪律在心里，一个超越一切的目标，像神一样统驭着这个空间，若不服从就是反抗。

寺庙的法师看着史睿仪，背后议论着，这个外国人真有趣，居然甘愿在这里住一星期，真搞不懂是什么思想，难道当这是儿戏吗？不过话说回来，有外国人来倒让他们觉得神气，觉得此地有经可取。

最后一天的晚上，陈怡君带着一袋寿司和鲜乳来到寺庙找他，他很惊讶，原本以为会很不高兴这番打扰，可是当此刻真的见到人家时，便高兴得什么都不顾了。他们留下一点捐献后，离开了寺庙，两人一同到山上夜游，路上不停聊天，一直到半夜才拖着疲倦的身子回家。

问到这几天的情况，史睿仪有一点犹豫，因为实际情形和想象的有些不一样，吃睡方面就是习惯不了，时间更是过得无聊，几天下来靠的全是一股莫名的意志力，越是不好受，就越感到受了磨炼，感到光荣。她听得出来有些勉强，但是并没有得意地说"我早说过，你就不信。"这种话。

"我们走吧，这里太暗了，等一下说不一定会有流氓来勒索。"她说。

"如果有人来勒索，我们可以说英文，假装听不懂他说什么。"史睿仪玩笑似的说，"或者我们先说好，你假装被吓得心脏病发作，不，我比较像有心脏病的样子，那我昏倒后，你就假装很慌张的样子，说'快出人命了还站在那里，快叫九一一'，然后扶我上车子。"她听得大笑，还连忙一边加油添醋。这个男人让她兴奋忘我，露出一直希望自己能有的表现，尤其越想到对方能够接受，她就越忍不住表现得更多。史睿仪很喜欢看到一个女人为他兴奋忘我，好像自己身上有着某种先天的吸引力，他一直渴望能扮演一个施舍的角色，看着陈怡君仿佛受到无上恩宠，心怀感激的神情，他心里便能得到一种强烈的满足。

他认为自己让这个刚过了被追求的年纪的女人燃起生趣，如此一来，对方便会崇拜他，愿意为"国王"做任何事，忍受他任何恶劣的缺点，而这是与他同为西方人的女人所绝对无法做到的，或许这便是他对东方文化有兴趣的原因。

很难相信在这样一个开明的时代，自己还能在某个的范围内享有这种尊贵高尚的阶级快感，他想起小时候听长辈讲到杰佛逊与海莎莉，林肯总统解放黑奴，一个英雄的诞生，如何成为了弱势者的偶像。这种不曾预先幻想过的感觉，现在让他有些陶醉忘我，尤其是在肉体关系上，有时甚至像是不懂事的小孩子在虐待小动物一样。在几次交欢后，他开始不自知地沉迷于色欲的发泄。他喜欢故意在陈怡君开始得到欢愉时，故意中断过程，让对方受到不满足的苦恼，等到苦恼达到无法忍受的程度，接着再以极为粗暴的力量完成整个过程。他不认为这是恶劣的罪行，相反的，还认为这是在帮助这个女人解放身心，尤其东方人正是需要这种解放。而陈怡君之所以甘愿被这般侮辱虐待，是因为她受够了东方人的伪善与压抑，她想要教训别人，让大家知道其实她（整个群体）一直有着强烈的性欲，强烈到可以充塞宇宙，她既愤怒又悲伤，她狂喜地与这个男人一同摧残这个可恨的、老去的女体，而这个需要，似乎便是她对于爱情的所有期望，以及爱情所能给予她的所有东西。

　　然而有时事后史睿仪还是会陷入恐惧的，他担心掉入了一个陷阱，怀疑被对方的顺从所瞒骗、愚弄，好像被一个不要命的女人给抓去当鬼魂的伴侣了。在一阵良心不安后，他会开始悔罪，从佛经里找到内心的平静，又异常地对陈怡君慈善，把英文补习班的收入拿去买一样小礼物，然后偷偷放在冰箱中，等着对方无意间发现惊喜。"我总觉得 Surprise 和中文的'惊喜'意思不完全一样，就好像我们都误解了对方的语言，结果居然以为自己懂得对方的意思，也许一字多义就是因为每个人的会意各有不同所导致的吧。"陈怡君说。看着卡片上一只小狗的图案和一行感性趣味的句子，里面还夹了个"爱"字，她一阵恍惚，霎时好像所有字的意思都无法令她确切明白，一切认知都因而显得暧昧可疑，漂浮重叠。她觉得不了解这个美国人，不了解对方为何一夕间陷入自责与怀疑，又为何求她用同样的方法欺负回来。

"庙里的那些僧侣有一种奇怪的眼神，有一点像瞎子。"

"我以前去过教堂做礼拜，很安详。有一个诗人比喻为：灵魂的更衣室。"

"教会对我来说已经没有任何意义了，那只是个社区大会罢了。"

"我祖母曾批评我说，什么神不好信，偏偏去信个金头发的（指耶稣）。"

"我妹妹信太阳神。"史睿仪说，"骗你干什么，她嫁给了一个怀俄明州的印第安人，也许她现在正在马背上对着树木掷斧头。"

奥丽芙站在会场外头等了半个小时，就是没看到她的人影。一定是睡过头了，不晓得晚上又逃到哪逍遥了，有的人就是一摸熟了环境就开始松懈，以为一年就算见过所有社里的状况。奥丽芙回去便趁接待一位经销商的人时，顺带向社长谈到陈怡君最近的问题，包括一次报账金额与实际款项上的出入。

但显然她并不承认。隔天她被叫到会议室里，只看见所有同事都在场交头接耳，她搓搓起疙瘩的手臂，让路给倒茶的小妹过。墙上的白板一行行记事被擦掉，接着又补上新的，她知道当自己越开始属于一个团体时，她就表现得越差，好像该怪大家看走了眼才对。起先不是这样子的，简直是心存不满。奇怪的是，王雅婷对于这个朋友的离职并不介意（当初她多么费心介绍）。

"我不晓得那里实际情况是那样，其实早就该走了。那种小妹跑腿的事何必由你做，或者她（奥丽芙）为什么不自己做。"

"上星期我去过滤几个准备参加商品试用会的学生，结果有一个人脱稿演出，我怎么知道会这样，面谈的时候那个人很正常，好像我故意安排个麻烦。"

"她把事情丢给你，也不事先讲清楚或半途来看一下，结果不满意能怪谁，这不是信任，而是懒。她根本是被权力和名牌香水冲昏头了。"两人一笑。

"我打算开一家咖啡店。"黄德隆说，"对，地点我还在看，应该是在东区巷子一带，我连店名都想好了，叫'前奏'，意思是这是一个开始，我要装潢成一家我在圣地牙哥看到的店，简约风格，到时候你可以帮我照顾。"

"又来了，我十年前就听你这样说。"王雅婷说得没错，之后一直到五十岁，他们都还没有真的实现这个构想，只是偶尔还会说来提提神。他们喜欢看到人们喝咖啡、阅读与交谈，认为那就像是一面精神上的湖泊，宁静而恒久。

交谈与阅读是种多么普遍的习惯，仿佛要是欠缺，就会从一个群体中被驱逐，落入一片凄冷的黑暗中。隔壁大厅里的讨论正热烈，一刻的沉默也没有。依据对书名与几页文字的猜测，林建铭到屋内的私人书架上借取几本书，除了看书，他没有别的事可以做；电视让他觉得无聊，而团员的活动又无法参加，除非排演和对词时才可以旁观一下。手上的书包括剧本、回忆录和戏剧介绍，他的兴趣让一些团员有了印象。

通常团员和雇工只是碰面打个招呼，点头微笑罢了。不过当他们听说老林是四十岁的单身汉时，不禁目光一阵好奇，有时趁空闲没事时来和他多聊两句。起先他还不太习惯，只是应付似的答话。可是后来他发现，有些人对于同事反而有所保留，但对他却能什么话都说，往往佐点烟酒，一个小时一下就过去了。

"你没结婚是对的。"一个去年当了爸爸的团员说，"我有一点后悔，但是又不可能真的说这种泄气话，两人根本没办法坦白，因为也不想要自己的思想完全被对方看穿。"不过在他听来，这些对于婚姻的指责，恐怕只是在安慰他，希望他能不被多数人影响，日子继续安泰地过下去，好像在鼓励他维持一种稀有的成就。另外有一些同样未婚的年轻人，则是误认为他一定是个老练的花花公子，玩过无数女人，所以才会保持单身。

"我不是你想的那样幸运。"他说。

"少来了，你就坦白说吧，到底女人喜欢男人怎么做？"

"我还想问你耶。"

"我只有和三四个女人做过，我发现女人最好玩就是在她们还年轻、不懂事的时候，例如二十一二岁时，因为她们一生中只有这个年纪时最大胆，最不在乎犯错，再大一点就记取教训，学乖了，变得冷冰冰的，而再小一点则还在相信浪漫梦幻，一受伤害就哭啊自杀啊，根本不敢真的放开，只有二十几那阵子最棒！"小伟说得兴奋，他对性交的认识主观而自信，林建铭以前也遇过类似的情况，他总是认为当中多半是吹牛与自以为是。但现在他觉得以前会怀疑，是因为这类话的内容让他很困扰，让他被提醒原来自己一直对女人一无所知，而且越无知就越让他渴望知道那是什么感觉，有时渴望得必须掩盖下来，才不会显得无比贪婪，以致更没有接近女人的机会。

小伟说自己每个月都会骑半个小时的车，到市区去找卖淫的女人交易。讲到一半被老师叫回去后，隔天还不忘趁休息时间过来继续说，他边洗碗盘边听，那些描述的过程吸引着他，同时让他知道了一些隐秘的事。

"年轻女人的皮肤就像面粉一样细滑，全身的肉就像水袋一样，难怪平常得穿衣服遮盖，否则谁克制得了……平常端庄的样子根本都是装的。"小伟看着地上说，"女人的全身都想被摸，摸不完的，我总恨不得多生几双手，一处也不略过一刻……"他不禁跟着也回想起自己的经验，以便明白所说的那种感觉。但是他太久没有重温那种经验了，印象有些模糊，并且印象太稀少了，就像孩子时去过某个风景区，只记得某个片刻。他认为这种事是无法记忆的，因为那并不具有可以比喻的特性，那是绝无仅有，独立于其他任何经验之外的。

他知道这是男人们私下常有的话题，甚至是友谊的依据，他不能回避谈论，却也有几分不甘心，总认为隐私是只有和最熟的朋友才能谈，所以他多半是引人家说话的方向，这一点他的确有年龄上的优势。

看了一半的书还盖在桌上，打开电视听听热闹的声音。通常晚上九点后便是所有人自由活动的时间，他们洗澡吃消夜，散散步。林建铭打开卧房的木窗，往门口的方向瞧，果然一会就看见小伟和另外一个人骑着一辆机车出去，一直到午夜才回来园里。一反早寝的习惯，这一夜他注意到了这个情形，心里才开始相信人家说的不是吹牛。电风扇的马达嗡鸣着，蚊香的味道随风浓淡动静，他辗转睡不着，想多读几页书却完全读不进脑子，只是瞪着黑字。想起人家白天所说所述的事，甚至没有说到的推测，他的精神像抽长的烛心般乍亮了起来。

"……那里的女人只要给钱，什么都愿意……有了那种随心所欲的快感后，谁还管有没有什么感情爱情之类虚幻的东西……换谁就谁，想走就走，夫妻哪能这样。"这些事他也晓得，但是听到一个人亲口说出来，又是另一种感觉，就像书上或舞台上那些大家都熟悉的情节，一旦不再被所知的事情孤立（即使明知人人都晓得），"知"便成为了可以沟通的东西，不论知道的是什么。他也有过同样的经验，听得懂"夫妻哪能这样"的意思，但是他现在已经不能接受自己去找卖淫的女人这种事了，他不想白费一切，被掠夺、摆布、愚弄，仿佛掉入一个陷阱里，等抽身后才发现什么都没有得到，好像整个人在世上突然消失无踪，进门坐在长椅上，椅子却还是空着一大截。

副团的这群年轻人当中，许多人以自命不凡为荣，对于平庸的作为往往极为藐视，他们在榉园的时间，经常用来尝试一些构想。发明荒唐的游戏，制作奇怪的道具，结合科学、艺术、自然现象与超自然于一体，一边玩乐一边再延伸构想，把这里当成有溜滑梯或荡秋千的那种地方。"真受不了这群疯子，早晚有一天会出事的。"翁秘书摇摇头说，"有时候他们胡说八道，你别理他们，等他们年纪大一点，就不相信还能这样天真。"翁秘书自从结婚后，对于一些境遇或许不如自己的人，开始有了一股同情，就像同情这个单身汉；希望他们也能分享到她的愉悦，特别是在于精神上，她现在对金钱不再那么信任了。每天她都会来厨房看采买的单据，翻一翻菜单。林建铭虽然不太能分辨这些安慰的话和别人的恶意骚扰（他感到被小伟骚扰）有什么不同，但总算听到同样冷眼旁观的声音。看着翁秘书绕过团员们，到水槽找田妈拿一串挂在脖子上的橱柜钥匙，他想到，伊芳一定就是因为与这些人不合，才会离开剧团，如此他便更不能接受那群人的举止，听信那些可耻的话语。他要为心目中完美的伊芳排斥他们，清扫出一条可以让她无虑地跨步的路，所有障碍都应为她移去，因为她有着不容变更的美貌，那是一记彻底的命令，除了顺服，其余的可能与发想都是丑恶的。总有一天能再见到她的，林建铭心想，这是一趟跟踪，在她的后头，那个身影是渺茫的，与无数类似的形体交错，但只有她是统合者，一切生趣皆由来于此。林建铭感到自己正与某种东西起冲突，只有好斗使怒才能保卫自己，不论那东西是什么，都不过是无法沟通的敌人罢了。

"我借到了。"团员进到屋内播放一部大型歌剧的影碟，音响开得很大声，音乐气势雄壮激昂，合唱的歌声直冲天听，大家看得浑身阵阵悚然。"真过瘾。"一个团员说，同时把人在厨房的小伟叫过去，"快过来看，第一幕刚开始。老林，要不要一起过来？"他招个手说待会。等到小伟跑掉后，洗了一篮菜的林建铭回过身来，无意间看见桌上遗留下一本小册子，这是小伟刚才忘了带走的周历手册，于是他要过去屋里时，顺道带了过去。不过在拿起来的时候，他忍不住好奇翻开来看了一下，就在中间页，他发现夹了一张桃红色的名片，上头写着"全身指油压"以及一个电话地址，地址就是在上次小伟说过的市区里。他犹疑了片刻，把名片塞回，便马上拿到屋里去归还。

"这些人的家境都不错，才会有心情玩这些游戏，我现在才体会到衣食无虞的重要，我们的上一代其实就是在追求这个，否则什么都没有。"他边看影片边想起翁秘书说的话。声乐演唱的尖锐声音让他有点不适应，稍微注意一下小伟，专心的模样似乎完全没注意到笔记本在不在手中。这时他觉得手指有点刺痛，一看才发现右手拇指不知何时削了一小块皮，血沾成一抹。可能是厨房里的锐角吧，便到隔壁抽屉拿了一块绊创膏贴，在贴完后，他突然担心不知道血刚才有没有沾到小伟的笔记本，还有那张名片。于是他把手插进口袋，匆匆走出了屋外。

一连两天的迟醒让大家注意到了他的反常，在可以接受的范围内，他似乎并不在意某种程度的怠忽与眼光，在一番体会后，翁秘书打算下周安排他休假。可能是怕打扰到他，几个以往常来闲聊的朋友，现在都正好趁密集训练时，较为与他保持距离，这个改变让他察觉到一件事，原来自己心里其实很期待听到别人说话，说那些他渴望知道的事，渴望得如果不推斥开，好像自己就会被那些话中所说的事牵引过去。午休的片刻，他僵硬地坐在房内的藤椅上，两腿夹在一起。排练的情景略可远远望见，听不见男女们的说话声，只有看不出情节的动作。有一刻他总觉得伊芳人就在这里面，在这附近，只是他还没看见，或者是看不出来，因为角度与距离，因为许多视觉上的因素。为什么以前他看得到伊芳，而现在却看不见了，为什么这是他必须接受的事？接受不是一个决定，而是无数时刻的决定，每当想起伊芳，他就必须一次次接受这个事实，让事实强迫他做出一个没有意义的决定。他不能再期望那个不认识的人出现，这里终究只是个如此无声运转着的小世界，"等待"在这里是一个空泛的概念，就像衣服上一个可任意更动的图纹，没有实现的可能。很久以前，他曾站在一个女孩的家附近，任时间虚度，只为了见一面，在那个完全不适合久候的地方，他僵硬紧张疲倦，看看能不能因此把自己从这个地方赶走，相信总会有个限度，只是没想到生命的界外就是死亡，此外没有其他地方与通路，于是，"等待"只有让他再也见不到那个人。

他无法再为幻觉消灭现实，榉园不是又一个等待的地方，这里所能够带给他的种种感受，才是可信的，也许当他放弃等待，这个地方会更能接受得不需做决定，他可以充分地得到一个位子，不必漂浮于所有情景之外。而当一切清晰可触时，也许他便可以摸索到另一个地方，并且去看看在那里的人之中有谁，直到见到她为止。

不太确定是基于什么理由，也许就像从前那次前去求欢一样。回到台北的最后一天晚上，他去夜市大吃了一顿，之后心口一阵郁闷，急躁地开车闯了几个路口，便来到陈怡君住的地方楼下。

听到门铃声，她光着身子从床上起身，捡起分散的衣物。窗外的路灯探照着随时经过的车子，一丛屋旁的树叶显出一种奇怪的绿色。

"是谁啊。"史睿仪问她。

"一个朋友，我下去看一下是什么事。"两人一见面，神情都有些疑惑。走到巷口，他们简单说到自己最近的情况，但心里也都知道这些话只是在应付。

"现在你比较习惯自己一个人的生活了吗？"林建铭没想到说完却换来一阵沉默，便接着又问，"你现在还是自己一个人吗，或者……不是自己一个人？"

"那都不是很重要，重要的是一切都要继续下去，不是吗。"她停了一下说。当考虑要如何结束这段谈话时，史睿仪从后面过来，穿着宽松的衬衫，问他们要不要进屋里。陈怡君回头用英文叫他回去，不用过来。这时两人不想看对方的表情，可是又不知道该看哪里，于是只能马上离开这里，将眼前的景象换成另一个庄严的空间，仿佛一步就要跨向视野的穷极处。楼房之间露出山脉一角，透出各种颜色的窗帘，像是一盏盏灯笼，高挂在群楼之间，他感到就要迷路受困了，除非毁掉这些阻碍，像一场无情的灾难般朝四面八方扑去。他不明白为什么自己对于女人有那样强烈的需要，不明白为什么自己没有犯错却要受到这样的折磨，为什么自己想要获得的，是一件那样难以获得的东西，他一刻也无法再忍受，觉得心脏被一把紧捏住，浑身颤栗，痛苦不已。他不曾像这刻般惧怕女人的吸引，因为那是一个无法获得的诱饵，是死界对生界的拐骗，是残酷的调戏。他不懂得如何慢慢培养持续的情感，只有即刻的爆发与长久的禁制，两种极端，他既是强夺者又是排拒者，相反的力向合于一体，挤压而亦拉扯，矛盾不息。

哭泣将他领到路旁没有人的角落，像是在呕吐一般，虚弱地扶着车门，他觉得什么东西都无法安慰他，金钱饮食思想肉体等等所有过去一心想挣得的一切都不想要了，这种厌弃的念头吸附在夜晚滞静的空气中，无法拨散。片刻镇静后，一处桥头施工的闪灯与探照灯亮起，几个工人的身影忽明忽灭，分散开来。他想起自己年轻时坐在货车上，凌晨时在一处岔路口遇见一桩车祸，救难队的人正在将两名受伤的男女拉出扭曲的车体中，他隐约听见一个伤者以悲伤的语调说：让我死。他不相信人会说这样奇怪的话，因为它的意思很简明却又很复杂，那到底是恐惧还是悲伤，是愤怒还是骄傲？或者这一切情绪的总和，一种超过人能感知的程度的情绪。甚至可以说，所有语言都没有纯粹的语意，那只是人精神上的绳索，不断盘据缠绕着思想与情感，稳住了一切，却也限制了一切。

"我明天就要回去了，想说过来看你一下。"他说。

"你还好吗，也许我哪天也可以去找你。"陈怡君说。

"我想和你在一起，但我也不知道怎么说才对。"

"也许还需要一点时间，再过一阵子吧。"

"现在你比较习惯自己一个人生活了吗……"

回到床上，史睿仪读着一本讲《易经》与风水的书，她则是安静地坐在床沿。一会把书随手盖在灯下，他心想，一个男人会这样做，一定是有过特别的关系，虽然明知这是自然的事，但是目睹了一个画面时，感觉却是完全不同。他不知道该表现出宽容的风度或是不容的固执，也许这两者都不成立，因为他避离了这个不悦的感觉，等着对方自己表达出要他该如何认为。史睿仪的不闻问让苦恼的她更愁烦，抓起梳子梳了下头，接着她躺回枕边，自言自语似的说起一些往事，没有顾虑太多，她想要自在地说出困扰，像是结网吐丝的昆虫般，无知地顺从某种体内的造化。她似乎像在激发对方要为此有所反应，而这便是种种委屈所能带来的唯一益处。但是显然史睿仪打算认为这是一个机会与优势，因为当自己允许这个女人保有另一个人时，基于公平，他同样也可以保有另一个人，他最近在学校认识一个年轻时髦的女孩子，原本不敢联络，怕让陈怡君不满，可是现在他大可理由正当地遂意了，他向往中国人说的"缘分"，相信顺其自然就无须顾虑单一层面的是非，因为这一切冥冥之中都有安排，境界高妙，境遇无常。

但是对她来说，"试炼"则是个开放的西方思想，同时也是一个含糊的借口。她对刚才短暂的会见所发生的一切还有些无法明白，连该不该去明白都无法确定，索性干脆忘掉，这段时间便是这样。有一次她路过林建铭以前的小吃店，发现店面已经整修装潢成一个认不出来的西点面包店了，她不确定记得从前这里摆放什么，和人家说过什么话，因为那里一样遗留下来可以供她回想的东西也没有，连本人都从台北消失了，不再有惦念的必要，没有人能不屈服于这种全面性的时间更新，话题与视觉上的印象不断暗中替换了早先者，将从前彻底掩盖掉，日期玩着数字游戏，没有痛苦与挣扎，"知与觉"永远只能站在俯瞰处。

她顿时感到自己的头脑像儿童一样简单，只会不顾不察地埋头于面前一箱玩具里，思考力成为了一把漆黑中的手电筒，只有照在哪，哪才亮，一照了别处，别处虽亮，可是刚才那里便又暗了，永远无法一次照亮整个空间。

一刻，他们在房间里看了对方一眼。她看着史睿仪裸体躺在床上，头偏向一旁的画面，突然有一种错觉，好像这个男人正在等着另一个女人从这个角度靠过去，而自己便是那另一个女人。而同样的，当陈怡君低着头脱衣裤时，他也有个错觉，好像这个女人正在准备从这个角度倒在另一个男人的身上，而自己便是那另一个男人。他们奇怪地旁观着自己与对方亲热着。

"他是个很单纯的男人，性能力有点问题，他不愿靠从前的累积来生活，他认为自己的上半辈子是空虚的，想要从零开始，他无法了解我，结果误解我，我们起初有过愉快的来往，其实他有很感性的心思，只是不自知。他对女人不了解，因为他无法在接近女人时，冷静下来观察，肉体让他很苦恼，必须很慢很慢地亲近适应，像是一种慢动作的激动。他说年轻时曾经发誓，如果有一天可以拥有一个女人，他要一刻也不停地触碰她，虽然明知那是错的。他的左脚拇指前端是麻痹的，因为服兵役时，曾穿着硬皮鞋被处罚蹲步一个小时，结果就没感觉了，用针刺也一样。"她说。

"那他有进入你里面过吗？"史睿仪问。

第五章

出门前母亲才说，因为有一条连接县市的高架道路可能要通过他们的旧房子那一区，所以以后可能要面对被征收拆除的结果，目前社区会议正和民意代表沟通当中。在此同时，"卢氏"的年度会议上，也出现了前所未有的紧张气氛。每一份书面报告上的问题都是针对副团的，其中还包括有人密告的消息，暗指谢老师有图利他人的嫌疑，更不用说剧场外租的做法，双方争执得口出恶言。现在林建铭感觉到了前途的衰微，并且自己也无能为力。只有助手小潘还坐在一旁，随口说着毫无依据的鼓舞的话。

有时他觉得房间就是个无人的火车车厢，即使坐在窗边，他还是像在悄悄向前方行进似的，准备被载到另一个地方。在回榉园的火车上，他几次睡着，昏沉地掉到意识之外，不断重演着某个紊乱的片刻。

"欢乐会过去，只有愁苦才是两脚所踩站的地。啊，欢乐，你不过是愁苦所控制，用来戏弄人们的一块甜糖，而那我所追寻的点点光明，都不过是无尽黑暗的诱饵罢了，宜人的温暖让终须冷却的事实变得更加无法忍受，那不曾享有过欢乐的生命是可喜的，因为唯有欢乐，才是最可憎的痛苦。"老人的角色说着。

从半途看起，他不清楚剧情，只有这一段段独立的句子凭他臆想，好像由谁都可以这样感叹。拘谨地在自己的轨道上走，包括开车出门采买的路线。后视镜里的景象在一段碎石路上震抖着，他这天清早照例前往市场，在路过学校附近的早餐店时，买一份沾满辣酱的葱油饼和冰豆浆。不过当驶入市区的这条主要道路时，他发现道路因为要铺柏油而被封住了，于是不得不依警告标示改走别条路。这一绕不但远了，还塞在其他车辆中间，眼看时间快迟了。吸口气看看路边的住宅，门牌上写着"自强二路十四巷"，这个地址他有印象，这就是小伟的笔记本里那张名片上的地址。探头前后望望，果然在更前头看见了一个招牌，上面写的就是指油压按摩的服务。他对这个巧遇与印象有点惊讶，即使回到了榉园，心里还是不免想起那个地方。

由于只有正团的人在园里，加上需要赶进度，所以他才能有这般空闲，或许就是为了能有这般空闲，他才会白天就提前完成了一整天的分内工作，以便能够趁晚上时出外走一趟。向田妈说一声后，他告诉自己这只是去市区绕绕，吃点消夜，不会真的去那个地方。但是等到越来越接近那条路时，他便又开始意念动摇，认为也许这只是普通夜生活的场所，不会太复杂，只是去了解一下到底是否真如小伟所说的，如果有不对的情况，他随时可以离开。再说他何必再为任何遥远的女人限制自己，就算存心想要得到自己的满足也是正当的。顿时许多矛盾的念头将他逼到一旁思索，他非得进去一趟，才有可能消除这些困扰，不能逃避。

　　站在路旁望着招牌下屋内的灯光，他随即陷入沮丧，不知道还要被这样的烦恼扰乱多久。往四周的巷弄里走去，不断一圈圈地绕逛，穿过小吃摊和修车厂，无数门户擦身而过，犹豫地困在这条走不完的路上。接近一个小时过去，他擦抹着汗水，突然间两只小腿抽筋，痛得几乎叫出声。弯着身子坐在路边，他累得像刚登上一座山岭，非得休息一下，于是他丢开一切顾虑，慢慢走进招牌下。

　　阴暗陡窄的楼梯间里有鞋子的味道，门内没有人看顾，低低的天花板压着右边的一块沙发与矮桌上方，皱破的大开数杂志与报纸堆放一角，日光灯白亮地照着地面白色的瓷砖。他安静地坐下休息，捏着还在一阵阵抽筋的小腿。一个女人从走廊出来，约三十岁，头发直顺，看起来很轻松，不在乎他是否在这里。

　　"抽筋喝水没有用，要喝运动饮料，身体缺乏电解质才会这样。"看着他。

"我很久没有脚抽筋过了，而且这么剧烈。"他的眉毛拦住汗水，模样狼狈。

"先到里面躺一下，腿伸直放松，我去拿热毛巾。"手一指，话没说完，人就走掉了。他隐约听到有人在隔间后头说话，但是没有看到人，监视器正对着他，要是来意不善的人，也许会在此大意露相。躺在一张矮小的长床上，他枕着手腕，为了停止痉挛的舒服感觉深呼一口气，不敢再移动两腿。冷静下来，他发觉这里的空调很冷，四周一扇窗户都没有，像是个稍大的更衣室，或是仓库，一点都不像是个该这样躺下来的地方。端着一盆热水进来，这女人没看他一眼，在水里滴了几滴罗勒油，两手抓着毛巾两端，将中间段垂泡在水中，接着提起来拧干，两手完全没有沾到热水，就把热毛巾敷在小腿上，他又呼了一口长气。

"你是不是很久没运动，然后突然剧烈运动，又没有先暖身？"

"我没注意到。"他说。这时一个小男孩推门进来，要找妈妈。

"出去，不是叫你去睡觉了吗。"语气严厉，接着回头说对不起。在反复敷了几次，水温变温之后，这女人把头发束扎起来，熟练地捏起他的腿和胳膊，再由颈子捏到肩和背，不管他怎么坐卧都没有影响。他知道对这个女人来说，自己只是一个人体，无异于一匹动物园里让人刷擦身体的马，没有共通的语言。他知道这只女人的手是理智无情的，是一个人全身最劳碌、最公有的部分，例如握手，试水温，但终究还是只女人的手，一只在男人身躯上移动的手，好像要搜出皮肉下的硬骨，却取不得，这股闯入的力量不管意图为何，当他是以这样的形式进行时，便可能被他感受成各种他所想要获得的东西，否则不善于取悦肉欲的人要如何被伴侣勉强接受？

他已经许久没有与人有至少这样简单的接触了，以致无法如一般男人一样忽略这样简单的接触。他发现皮肉感官会对外力产生防御及接受的相反反应，但是他无法靠心智要求感官何时该防御或接受，在这个陌生的层面上，他是被动而坐以待毙的，他恐惧这种危险的感觉。

这个女人对身体非常了解，一看一碰就晓得这个人的意图。她见过碰过许多身体，已经能够由一个人的身体各部位看出这个人是怎样的人，是坐办公室还是开车的，是干粗活还是久站的店员，甚至人家的个性习惯、喜好和擅长都能猜个七分，并找到适当的话题交谈，外加算算命。

这种男人不是头一回见了，该如何应付自然晓得。于是他并没有如预料般感到难堪，在话题的带引下，他不必提问，只是轻松回应了几个试探性的说明，仿佛不经意地应付。只要多留一刻，他就等于越接受了这个陌生地方的一切，因为他没有站起来反抗，没有怀疑与指责，更没有逃离（或者说过了可以逃离的时机），可见这一切对他来说是允许的，不只是允许一件事，而是由这件小事所延伸出去的一整个体系，一个大方向，就在这双仿佛有着魔力的手上。

或许这一切只是罗勒油的香味所致，那种新鲜的气味让精神与嗅觉仿佛抓到了一条绳子，并被这一股力量拖走，就像视线被一道云烟拉上了天际。

按照那个女人的指示，隔天晚上，他改由防火巷的后门进来。一个妇人绕过一个眼睛盯着电视的老头，妇人收了钱，嘴里含糊发个声音便走在前头，他猜想可能是要他跟着过去的意思。原以为楼梯转角这一头没有通路，但是一块破旧的薄木板一搬开，后面便露出一个低矮的小铁门，打开后，屈身穿过，里头则是一条狭长陡梯，直接伸入地下室。他无法想象自己所要去的地方，是要经过这样一个隐秘阴暗的地方，这不像是平日那个透明可见的现实，这里完全是另一个诡异的世界，而且仅仅一墙之隔。这个妇人能熟练出入于此，没有回头顾虑他是否能够适应脚下这一路的曲折。通过地下室后，就来到了一条开了许多道门的走廊，尽头大约就在几步路前方。一个带有酒味的男人与他迎面交会，感觉像是个鬼怪，像是一部被拖行的遭撞毁的车子。

打开一扇门，妇人叫他等候便匆匆离开。进入这个密闭的小房间内，他坐在靠近厕所的塑胶椅子上，看着这个不知坐落何处的空间。等候一个女人到来，这是个他有过好几次的情况，凡是他想要得到的女人，都会使他一次次长久地等候下去，他总是提早到达会见的地点，因为想要给对方好的印象，因为他心里迫不及待，从好几天前起，就期盼着约定的那一刻到来，时间把一个人从汪洋中拉到一个地点，时间与地点是多么奇妙。有什么办法可以让时间过得快一点，镜子圈住年轻时的脸孔，无数的疑问在脑子里反复，再多次的期待都是新鲜的，因为一二三四五的次数不是累积，而是每次都是史上仅有的，二只有发生一次，三只有发生一次，四和五也只有过一次，下次这就不是四和五了。他在长久的等候下一次次发疯，接着又在见到人家的到来时一次次复原，仿佛被愚弄后，又在新的机会下抛去了先前的不满。

　　面前又脏又小的床几乎塞了这里一半的空间，沾满了壁纸的污垢好像会随着空气吸入鼻喉里，要不是有目

的，绝对一刻也不会留在这个地方；为了目的，他什么
不满都可以忍受，如此卑鄙，好个苦先于甘论，不，是
神不可测论，他的心智绝不可能高于创造心智的控制者，
不可能由下，测度一个俯瞰整体的全知者，他"也"听
命于某种体内的造化，钻入这层层土壤里，翻搅着混乱
的记忆，渴望吸附在一个无限大的女体上，没有灌注他
所有意志，绝不罢休。有一条偏远的公路，路上有无数
被车轮辗毙的蟾蜍尸体，因为它们要到公路对面的沼泽
去交配，于是公路单位在沿途架设网子，想要拦阻，结
果这些小动物们开始爬上网子，继续前仆后继。究竟什
么是生物本能？是全体共通的力量，还是个人思想的结
论？他约略在沉思中遇见片刻的灵感，这个地方与世隔
绝，埋入地心，阻断了所有讯息与已知的事物，沉没于
原始的光阴中。

　　也许永远不会有任何女人到来，因为他在等候，他
变成了一片轻扬的灰与尘，散布于荒芜的经验世界中，
随时会被淌来的幻想冲到陷洞中，没有人知道里面是什

么，因为这就是一道知识的界线，超过此线，一切逻辑都要毁坏，如同崩解的发疯的人的心智。

不久之前他还在厨房，锅盖上一层黏手的油污，一直没有费工夫洗掉，出门前他花了十几分钟，把一块新菜瓜布刷黑了，换来一面干净的锅盖。连水槽也是干干净净的，让翁秘书没话说，明知他晚上会外出，并且迟迟才会归来。越预先把园里的工作做好，他就越不会对接下来以及之前的行为感到不安，好像这是一种合理的交易。所以现在他必须得到等量的报酬，否则就等于吃亏受屈。不过在他认为，不要说等量，哪怕只是贴补长久以来的亏屈的千分之一，都不是容易的事，然而他又不敢不满，不仅是聊胜于无，他还打算把小小的获得放大千百倍，当作是一次意义重大的凯旋来看待。

他上一次接触女人的身体是一年多前。陈怡君缩在沙发上看书，宽松的白色毛衣曲皱出类似花朵的折纹，一换个姿势，皱褶便又像云团般被一阵风拉成别的图形。他坐过去捏捏她的肩膀，同时拇指在颈脊上轻摩，好像一只小松鼠爬了上来。身体的皮肤在暗处时有着一弧灰淡的蓝光，他的嘴唇来回划着她的手，接着把她的手移到她自己的身上，再顺着手的搭载，嘴唇登上了身体，整个过程他已幻想了许多年，显得很熟练。在陈怡君之前则又是好几年的等候，无意义的自渎令人沉默，如同怀着一件奇诡的秘密。现在或许等一下进门的那个女人，不管是谁，就会将他从困境中救出；他的凯旋不过是获救，而非救人。

一个女人是为何会成为一个男人的救星？从那种近乎崇拜的动作便可以发觉，女人对他而言就像是可敬可畏的神，集灵、欲、心三位于一体。陈怡君在将他从屈姿扶起时，明白自己无法拯救这个男人，他太渴慕得到一个异性的降临，并因此得到天启式的醒悟，以至于扭转根本上的偏误。陈怡君坐在营火附近，把视线投到烈火里焚烧。周末，她跟着史睿仪参加一个外国人之间的野外聚会，这群人约三十位，除了半数的外国人，其他则为本地友人。熊熊营火烧烤着郊区的夜空，大家三三两两各自占据一角说说笑笑闲搭讪，啤酒、非洲鼓、橄榄球夹在他们手上，有的则跳舞、拥抱或干脆把上衣脱了，一片嬉皮时代的景象。

之前她有些羡慕几个卖弄风骚的女孩子，但随即又以否定的眼光来维持自己心情的平静。她听着史睿仪和几个刚去中国大陆东北自助旅行的朋友聊天，说到旅途上遇到的种种情况，比手画脚的样子有些激动。"下次我们应该也去看看。"史睿仪对她说。她吸了一口味道很辣的烟，随意点了个头。在某些时刻，她几乎什么要求都会答应，会照办，特别是自己一点都不知道该如何看待一个权威的时候。在来这里之前，她原以为前几天林建铭出现的事，会造成干扰。

"好啊，会有多少人去？"她问。

"不知道，游玩又不是婚礼，谁还统计人数。"

"到时候一定会冒出一大群不知哪来的人，而且又会拖到很晚。"

"如果你不想去也没关系。"

"我是想去看看是不是被我料中。"

"你可以顺便帮我看看我的前途，算算命吗？"

"天机不可泄漏。"

"什么是天机？我听不懂。"

几滴水溅在脖子上，后头有人在玩水枪，完全不必在意，仿佛没有任何行为在这里是会被视为冒犯的。她无法忍受这四周这些无忧无虑的人，彼此相差太多，根本是两种状态，摆在一起没有任何意义，也许自己不该那么自信，多少违心的话便是在这种缺乏自律的情况下脱口而出，只因为话要那样说才好听。她打从一开始就以迎合的姿态来接近史睿仪，也难怪人家会被启开那样残酷的喜好，其实自己根本不该那样设计，因为她并未真的因此证明了什么、教训了谁，亏损的一直只有她自己，最后还是逃不出成为了一个受难的东方女人的命运，形象鲜明，从古至今。她的母亲拒绝承认婚姻的失败，一次次从美发院里重拾希望，为了名声与面子不惜自欺隐瞒，为美德捐殉生命，就是这么回事，其余都是解释和借口，同情也许不是出于优越，但是受同情者必然是低屈而不足的，她们是无法认知到平等的真意的，她们低屈的经验告诉了她们"平等"是什么。现在，她得到了这个男人，同时她却也失去了自己。

"那现在有什么打算？"王雅婷吃着饭后的水果问。

"我不知道，也许我不适合这个圈子。我的个性像我妈，比较多虑。"她严肃地沉默片刻后又说，"工作不是问题，不过都是不起眼的活，等于是劳力而已，实在不甘心，很无奈，我也不愿意这样想。"

"每个人都有瓶颈，说不一定熬过之后，会有新的机会。"她晓得这些事是无法谈论的，说来说去还是那些鼓励与安慰，好像是一套忍让进退的公式，一种有规则要守的棋戏，每到某个时刻就搬出来摊摆，重复得让人玩味而不厌倦。她有一种退缩的需要，就像躲在浴室里不雅地盥洗一般。

史睿仪和朋友到草丛上厕所时，被问到，陈怡君是个什么样的女人，身材看起来还不错，甚至问起一些隐私的问题。结果他并不在意这种冒犯，因为他也很好奇，究竟别人对他的女人有什么看法。海尔和约翰最近有一些性行为上的癖好，私下常常探听有哪个女人愿意接受肉体虐待。他注意到两人说得有些间接，并佐以各种混淆的理由，以便将目的转移别处。

"肉体是一个障碍，必须突破，突破之后，这个女人才能获得真正的自由，否则永远无法百分之百享受自己的感受。"他们说。他笑了一下，便回到陈怡君的身边坐下，一把勾搭着肩膀。

也许在某些人眼中看来，她还是个有魅力的女人，他想。当他注意到原来别人在偷偷打她的主意，心里便突然一阵吃味，好像人家已经真的占了丝毫便宜。他不容许有自己以外的男人虐待她，就算相同的做法，由他来做都能产生一些不晓得哪来的合理性。营火在入夜之后柔和了下来，仿佛通了人性，几个静下来歇坐的人，反而变成像木头般麻木。有时陈怡君可以从一只落在身上的手，感觉到一些心意，在这悬丝般些微的差异中，她迷入一种漫游似的臆想，像是不寻常的异禀，让她察觉到一股左右事物基础的力量。或许男人的手才是真正心里的语言，所有的触摸都是最深的表达，如果触碰不到，枯燥空虚的手会将这个沮丧的讯息随着神经细胞扩散到全身，让整件皮肤每个部位都产生同感，并一层层地自触觉的界线上剥离。

皮肤又聋又盲，一点都不知道已经发生了什么事，只会空等。

"你为什么从小就喜欢西方的一切？"

"从前台北很多方面都很刻板，到处都是政治宣传和文化整肃的控制。没有创意构想的自由，很让人反感，好几部有趣的美国电影都被禁止，可笑。"

"从前那个时代哪里不都是这样，即使到现在，到处还是有很多荒唐的事。"

"也许到现在我还有点怀恨在心，怪罪从前的种种。我的老师用藤条打我的手，很痛很痛，我犯了什么错要这样虐待我？我的手前一天还在钢琴上弹贝多芬的《奏鸣曲》。之后我的手肿了好几天。"她说。她这样回答过几次，也不确定自己说得对不对，有没有必要这样说。她独自站在暗处，想着自己该何去何从，她依然是这般困惑，充满了负面的心性，一点也无法彻底摆脱幻想。

一动也不动地陷坐在塑胶椅上，知道现在不可能逃走，林建铭只能安抚自己留下来。像是被捕住的小动物，手脚冰冷麻木，挣扎得精疲力竭，只能静候死亡。他以为再也不能坠跌于此，这种地方是可悲的人延活的药物，这里没有第二种作用，没有喜悦与满足，只有垂死的人来获得痛苦的减轻，止住泪水，找到可以依赖的东西，为此，才有了理由继续苦熬，期待下一次再来索取。

难道自己不是已经厌弃了，难道自己的损失还不够？世上怎么可能有一样东西如此让人永远不会烦腻，又不是深刻的思想或经典，除了食物。每一天市场里都有人，没有人对食物厌腻（可以预料），从不间断，同样的素材可以变化出几十种美好的口味，这是多么现实而迫切的行为，任何阻碍都会掀起疯狂失序的反抗，阶级的集体革命造成的牺牲，这些同感与共识便是源自于无数个人的切身体会，切身体会是唯一可信的事实，其余皆是口号，一套只需阳奉阴违的规则。让人不会厌腻的任何需求，便是人的命运，得失判定的依据；他愿意为需求而死，正如他为需求而生。被接纳的时候，他感到平静，有能力控制意念，顺利与人交谈，顾虑到别人的感受。如果不是，一切便会反向围剿他。

这是虚假的，只是模拟得十分逼真，其实意义完全不同，就像真的水果与蜡做的水果。就像是在演戏，表面上的样子完全掩盖了心里的想法，就算碰巧是一致的，也无法让人信服。他无法相信一个陌生的女人，何况一个眼中只有金钱的人，自己在这里不具有独特背景的差异，完全被认定与掌控，只是一只又一只来不完的群鱼之一，潜游在一坑栖身处，对四周浑然无知。这一刻他不再是至亲的母亲所熟知的那个骨肉，不再是认识他的人所想见到的那个样子，他跳脱到身份之外，还原成一种极单纯的状态。就在这个特异的时刻，反而戏得以暂停，他避到一个最真实的场地，可以眺见一种区域内的运作的律则。

　　时间烧掉他的精神，时间照亮此地，让这个封闭的空间沉浸在一种无法确切辨识的色泽中，疲倦让感知力彻底改变，变得可疑而累赘，不过一切都紧紧冲灌着他整个人，普遍到视而不见的地步，于是就在这个时候，一个女人打开了房门……

黄国峻生平创作年表

黄国珍、梁竣瓘 整理

一九七一　出生于台北，作家黄春明次子。

一九七五　四岁，初露绘画天分。《雄狮美术》曾以之为
　　　　　本，讨论儿童绘画及儿童心理。

一九八六　就读淡江高中。对基督教的精神性层面发生
　　　　　兴趣，研读《圣经》、参加校内团契，并于校
　　　　　刊发表作品。

一九八八　淡江高中毕业。开始以文字记录、陈述想法，
　　　　　类似杂记，均未发表。

一九九六　持续写作，并开始尝试发表。

一九九七　处女作《留白》获第十一届联合文学小说新人

奖推荐奖。

二〇〇〇　出版小说集《度外》（联合文学），此书并获《明日报》主办"明日报年度好书奖"的"十大本土书奖"，与张大春、夏祖丽等人并列得奖。

二〇〇一　《天花板的介入》入选九歌《九十年度小说选》。

二〇〇二　出版小说集《盲目地注视》、散文集《麦克风试音——黄国峻的黑色 talk 集》（联合文学）。

二〇〇三　短篇小说集《是或一点也不》四月完成（联合文学八月出版），并开始着手首部长篇小说《水门的洞口》（原预定书名《林建铭》），完成五章近五万字，原预计十万字脱稿（联合文学八月出版）。并以小说《血气》获选《幼狮文艺》"六出天下"小说类六年级世代优秀小说家。六月二十日于家中自缢身亡。享年三十二岁。